Le ossa del lago

Titolo | Le ossa del lago
Autore | Rosalba Vangelista

ISBN | 978-88-91171-97-9

Youcanprint Self-Publishing
Via Roma, 73 – 73039 Tricase (LE) – Italy
www.youcanprint.it
info@youcanprint.it
Facebook: facebook.com/youcanprint.it
Twitter: twitter.com/youcanprintit

Copertina di © Aranel B.
aranelb.tumblr.com

Rosalba Vangelista

Le ossa del lago

Nunc Pluvia Placet

R V

Introduzione

Silver Lake è un luogo meraviglioso, un luogo di pace e serenità.

Ma Silver Lake è anche un luogo di morte, un luogo dove avvengono feroci efferatezze mascherate dalla serenità di una cittadina apparentemente perfetta dell'est degli Stati Uniti.

È il patto stretto da una poliziotta con lo spirito di Jude per assicurare alla giustizia i colpevoli del tremendo assassinio di Marcos il motore dell'intero romanzo. La bellezza di un lago e la serenità di una cittadina di provincia si contrappongono costantemente alla sofferenza che emerge a mano a mano nel racconto. I violenti ricordi della guerra in Vietnam del signor Taylor, il dramma della figlia dello sceriffo, affetta da una malattia degenerativa incurabile, la vita appartata e trasognata della signora Mcduder, si uniscono alla solitudine e all'emarginazione in cui si è volontariamente rinchiuso il signor Patterson e alla quale si unisce anche la protagonista del romanzo, Kate Anderson, scappata dalla sua città a seguito di un tragico evento. Perseguitata dal senso di colpa con cui è chiamata a convivere, Kate non lavora al caso ma lo vive con tutti i suoi sensi, percepisce suoni e odori, immagina momenti e distingue emozioni, sempre senza perdere la lucida capacità di analisi che la rende un ottimo elemento delle forze di polizia.

Il doppio binario della soluzione dell'omicidio di Marcos e dell'autoassoluzione per i fantasmi di Kate attraverso cui l'autrice ha realizzato la trama del romanzo consente un'assoluta identificazione del lettore con i personaggi di cui si accenna la descrizione. I ricordi di vita vissuta, i suoi timori e dolori, non prendono però il sopravvento nelle linee del romanzo: il messaggio sembra essere quello di riniziare, pur nelle difficoltà dettate dalla scelta. Riaprirsi a un'amicizia, a una nuova casa in una nuova città, a un amore insperato, tornare a sorridere e a gioire: ciascuno dei personaggi ha un'evoluzione in questo senso alla conclusione del romanzo. Il signor Patterson torna a pensare di poter godere un po' della vita anche dopo così tanti anni in cui si era rinchiuso in casa, da solo, nella e con una bottiglia in mano. Steve cela il dolore della conclusione di una storia d'amore con la volontà di dare sostegno e affetto a una collega in difficoltà. Kate perdona se stessa dinanzi alla tomba di Jude e si apre a una nuova vita, anche con una casa dalla quale vede un meraviglioso cielo stellato, inimmaginabile nella sua città natia.

Nulla traspare di quel malessere sul quale si fonda l'intero caso criminale analizzato nel romanzo né l'autrice le fornirà alcuna possibilità di una spiegazione o di un attenuante ai gesti dell'assassino del piccolo Marcos. È come se la debolezza mostrata fosse ricompensata al contrario dell'ipocrisia di una serenità ostentata ma irreale, che preferisce nascondere il malessere anziché affrontarlo, anche a caro prezzo.

1

Jude guardava le gocce di leggera e sottile pioggia cadere e fondersi sulla superficie limpida ed immobile del lago.

L'assenza di vento rendeva tutto estremamente silenzioso ed irreale, le piccole imbarcazioni erano ormeggiate sulla sponda opposta, canoe, barche, piccoli traghetti turistici.

Non aveva percorso molta strada, la sua casa era a soli cinque minuti da lì e non si era nemmeno preoccupata di vestirsi, indossava ancora il suo pigiama estivo coordinato alle ciabattine, lo aveva comperato in primavera insieme al suo bambino, al mercatino del giovedì.

Il suo era rosa con tante piccole mucche in volo mentre quello di Marcos aveva una tinta azzurro cielo, era sempre felicissimo di indossare il pigiama uguale a quello della sua giovane mamma, si sentiva grande.

Quei momenti di tenerezza e felicità erano ormai un ricordo dolce e straziante a cui lei pensava continuamente, qualcosa a cui aggrapparsi per poi sprofondare nel dolore che solo una mamma che perde per sempre il suo bambino può provare…

La pioggia continuava a scendere e Jude ormai immobile da più di un quarto d'ora era fradicia, fissava assorta la superficie dell'acqua illuminata solo dalla torcia che teneva nella sua mano sinistra.

L'aveva presa in cantina, era uno dei pochi oggetti che aveva tenuto del suo ex marito, il resto gli era stato rispedito con tanto di auguri e baci a lui ed alla sua nuova fiamma.

Non si era nemmeno degnato di risponderle ma, cosa più grave, non si era nemmeno degnato di andare al funerale di suo figlio un mese e mezzo prima, era solo andato a fargli visita al cimitero dopo due settimane.

Nella mano destra aveva una pochette di pelle nera con la zip, la teneva con forza, era pesante, parecchio pesante per le sue dimensioni.

Jude continuò ad illuminare l'acqua e questa volta si mosse, prima un piede, poi l'altro, era entrata dentro il Silver Lake…

L'acqua nonostante la calda temperatura estiva era molto fredda, la pioggia continuava a caderle sui capelli biondi ormai appiccicati al viso.

Era alta e magra, troppo magra in verità, ma nell'ultimo mese non aveva fatto altro che prendere medicine e dormire tutto il giorno senza mangiare.

Al lavoro nel ristorante del porticciolo le avevano dato un periodo di ferie per consentirle di riprendersi, ma senza il supporto della sua famiglia e con il vuoto che le aveva lasciato Marcos, Jude non ci era più riuscita…

"La mamma arriva piccolo mio…" si disse con un filo di voce, tra le lacrime.

Lo vedeva correre felice con le braccine tese verso di lei nello specchio d'acqua illuminata dalla torcia.

Iniziò ad avanzare nell'acqua fredda, lentamente, arrivata all'altezza della vita si fermò, con la torcia illuminò la pochette di pelle nera, aprì la zip, e ne estrasse una pistola.

La torcia fu lasciata cadere nell'acqua e, al suo posto con la mano sinistra prese la catenina che aveva al collo e la strinse forte al petto; aveva un ciondolo a forma di cuore, conteneva una piccola foto di lei e Marcos, felici, che si davano un tenero bacio sulle labbra.

Jude non esitò, strinse ancora di più a sé la catenina, si puntò la pistola alla tempia e fece fuoco.

La fiammata ed il rumore che seguirono ruppero il silenzio spettrale del lago notturno per un istante, dopo, tutto tornò silenzioso. La pioggia continuava a scendere, le barche si lasciavano cullare dalla lieve corrente.

In una casa nelle vicinanze qualcuno aveva sentito e si apprestava a chiamare la polizia, e nel silenzio e nel buio, il corpo di Jude galleggiava dolcemente come quello di una bambola di pezza, abbandonata nell'umido e nell'oblio del lago d'argento…

"Jude Steavenson, venticinque anni, la mamma di Marcos Deichs." le disse il coroner.

Kate fissava il corpo sotto il lenzuolo bianco illuminato dai fari delle auto della polizia e dai faretti delle luci di sopralluogo.

L'ambulanza con il portellone posteriore aperto sembrava aspettasse di accogliere quest'altra vita interrotta.

"Povera ragazza, un mese e mezzo fa suo figlio, ed ora lei non ce l'ha fatta a sopportare tutto." continuò il coroner.

"Scusi?" rispose Kate.

"No, le dicevo che siamo di fronte ad un'altra tragedia dettata dal dolore."

"Ah sì, sopportare la perdita di un figlio è già devastante, poi in quel modo… possiamo solo provare ad immaginare cos'ha dovuto passare prima di arrivare a questo gesto."

Kate scosse la testa, pensava a Jude, a quando l'aveva interrogata, al suo sguardo perso e alla sua disperazione il giorno del ritrovamento, mentre aveva ancora vivida l'immagine del piccolo Marcos, non aveva dormito per giorni: un bimbo di cinque anni, ritrovato in fondo ad un lago, ucciso, bruciato e chiuso dentro un sacco della spazzatura.

Quale immane mostro aveva potuto fare una cosa simile, quale essere umano poteva arrivare a tanto, non si capacitava, anche nella più assurda follia non riusciva a trovare tanta crudeltà.

Le indagini continuavano ma senza nessuno sviluppo, nessun indizio che potesse portare ad un eventuale sospettato.

Il primo ad essere stato assolutamente scartato dall'ipotesi di reato fu proprio il padre, Thomas Deichs. Dopo la separazione dalla moglie si era trasferito con la nuova compagna a New York ed avevano aperto una grossa compagnia di viaggi, il giorno della scomparsa e per i successivi venti giorni era con lei alle Maldive per un viaggio di lavoro, non era rientrato nonostante l'accaduto.

Jude era stata interrogata a lungo, ma subito ritenuta innocente: quando Marcos scomparve era in giardino a giocare, mentre la mamma e la signora Mcduder stavano sistemando le aiuole.

La versione era uguale da parte di entrambe, il piccolo stava giocando poco distante da loro quando da un momento all'altro era scomparso.

Jude si era maledetta milioni di volte per non aver fatto costruire la recinzione del giardino, ma era un compito di cui si sarebbe dovuto occupare Thomas, troppo impegnato nell'ennesimo tradimento con qualche collega di lavoro.

Vennero sentiti tutti nella zona, anche il signor Patterson che abitava a cento metri dalla loro casa.

Era un uomo anziano non visto molto bene dagli abitanti, taciturno, sporco, quasi sempre ubriaco, non parlava mai con nessuno, viveva solo ed aveva il brutto vizio di guardare con insistenza le bambine che giocavano al parco.

Il suo alibi era di ferro, era stato tutto il giorno al porticciolo ad aiutare un amico nella riparazione di una barca con tanto di testimoni.

Il corpicino venne ritrovato dieci giorni dopo in fondo al lago, chiuso in un sacco dell'immondizia, durante la seconda fase delle ricerche: la prima fase scattata il giorno successivo alla scomparsa non aveva dato risultati, i sommozzatori non avevano trovato nulla nel Silver Lake.

Il coroner era una donna, indossava una tuta bianca e guanti in lattice, i capelli castani erano raccolti in uno chignon, era sulla cinquantina ed il cartellino che portava puntato diceva Cassie Smith, la stessa coroner che aveva fatto l'autopsia a Marcos e l'unica della cittadina.

Di solito a Silver Lake le morti avvenivano per malattie o vecchiaia e Cassie lavorava nella solita routine del suo laboratorio, ma il caso Deichs aveva portato scompiglio anche nel suo ordinario e scontato lavoro.

In tanti anni non si era mai trovata di fronte ad un decesso del genere, aveva dovuto eseguire l'esame autoptico a dei poveri resti, il corpo era completamente carbonizzato, pochissime tracce di tessuti ed organi, questo stava a significare che il corpo era stato parecchio tempo esposto al calore del fuoco.

Fuoco che era stato alimentato da della legna, perché vi erano tracce di cenere di legno anche se in minime quantità sulle ossa.

Avevano fatto analizzare la cenere ed apparteneva a comuni alberi del posto.

Era riuscita ad arrivare alla causa della morte dalle fratture trovate sul cranio, ma non si poteva risalire ad una data precisa, il corpo era in pessime condizioni, consumato fino alle ossa e l'acqua del lago aveva fatto il resto.

Quello che di sicuro era riuscita a scoprire era che Marcos Deichs era stato colpito diverse volte e con estrema brutalità e forza alla testa con un oggetto non contundente o sbattuto con violenza contro qualcosa e dopo il decesso bruciato, nessun reperto che potesse ricondurre ad un eventuale sospettato era stato trovato sui resti. Era stata setacciata l'intera zona per chilometri nella speranza di trovare tracce del bambino o residui di un eventuale rogo o tracce di sangue, ma nulla, era un mistero senza fine.

La vita di Jude era stata ricostruita pezzo per pezzo, nessun uomo dopo il marito, nessuno screzio o inimicizia con qualcuno, niente di niente che potesse far pensare ad una vendetta.

Le indagini erano seguite dallo sceriffo Richard Button e con la collaborazione di Kate Anderson e Steve Wolf, i due poliziotti appena trasferiti che si erano ritrovati di fronte ad un bel benvenuto con il caso

Deichs.

Steve si era appena risparmiato una brutta nottata, era per sua fortuna di riposo.

"Mi dovrò occupare di Jude, anche se la causa della morte è ben evidente a questo punto…" disse il coroner.

"La pistola è ufficialmente registrata a nome dell'ex marito, non l'aveva ancora portata via dall'abitazione, lo abbiamo appena sentito telefonicamente." rispose lo sceriffo Button avvicinandosi alle due donne.

"Non era molto contento di ricevere la nostra chiamata alle 04,00 del mattino." continuò.

"Immagino sia rimasto sconcertato dall'ora più che dell'accaduto…" intervenne Kate con una punta di risentimento.

Gli agenti avevano finito di perlustrare la zona e Cassie aveva terminato i primi rilevamenti sul corpo di Jude.

"Possiamo tornare a dormire ragazzi, fra quattro ore vi voglio in centrale e rifacciamo il punto della situazione, adesso abbiamo due cadaveri, chi ha ucciso Marcos si è portato via anche Jude, dobbiamo trovare quel BASTARDO…" aggiunse lo sceriffo. Era più indignato che mai, aveva visto nascere quel bambino.

In quel mese e mezzo avevano studiato le carte mille volte, ripercorso le indagini, rivisto gli esami autoptici, sentito i vicini, ma qualcosa che portasse ad un indizio mancava, Kate ne era convinta, sentiva che qualcosa era sfuggito.

L'ambulanza con il suo portellone posteriore aperto adesso era pronta ad accogliere la nuova vita interrotta.

Lentamente le luci dei girevoli delle auto della polizia e dell'ambulanza si allontanarono nel buio, lasciando il lago nel suo irreale silenzio.

Salita in macchina, Kate tornava nella sua nuova e vuota casa, ripensava a quanto aveva voluto quel trasferimento per cambiare aria e ricominciare serenamente una nuova vita, ed a quanto altro dolore invece aveva trovato in quella cittadina così apparentemente e misteriosamente perfetta.

Il sole splendeva alto e caldo tra le fronde degli alberi del parco, le voci dei bambini che giocavano riecheggiavano, era la mattinata perfetta per una passeggiata distensiva e rigenerante.

Il piccolo camioncino dei gelati si era fermato come ogni giorno a distribuire delizie di fragola, cioccolato, crema e tanti altri gusti ai piccoli visitatori ed ai loro accompagnatori.

Una giovane mamma passeggiava tranquilla con la sua carrozzina, aveva la tendina abbassata per proteggere il suo piccolo dal sole, si godeva l'atmosfera giocosa e rilassante, quando dal nulla iniziarono a sentirsi dei lamenti provenire dal bambino.

Il piccolo aveva iniziato a piangere, ma il suo pianto era come soffocato da qualcosa, la giovane mamma in preda al panico cercò di alzare la tendina che si era maledettamente bloccata… Un'acqua nera, putrida, dall'odore rancido iniziò a fuoriuscire copiosa dai bordi, la madre disperata si aggrappò con tutte le forze e, rischiando di ribaltare tutto, finalmente riuscì a sbloccare la tenda della carrozzina.

Un piccolo di alcuni mesi la fissava con gli occhi sbarrati e la bocca spalancata dal fondo della carrozzina colma d'acqua: era orribilmente annegato e tra le manine serrate sul pancino teneva una pistola…

"È COLPA TUA… ASSASSINA… È SOLO COLPA TUA…"

Il suo stesso urlo la fece sobbalzare dal lettone della sua camera.

Il sudore le scendeva lungo le tempie, i battiti erano arrivati alle stelle, la sveglia a led sopra il comodino pieno di libri segnava le 07,03 minuti.

"Un altro maledetto incubo…"

Si passò le mani tra i capelli dorati e la fronte, per istinto si voltò veloce verso il comodino ed aprì nervosamente il primo cassetto, la sua pistola era lì, al suo posto ed al sicuro.

Per Kate incubi del genere erano all'ordine del giorno da mesi, ed il suo arrivo a Silver Lake non aveva fatto che peggiorarli.

Si fece coraggio e si buttò giù dal letto, alle 08,00 lo sceriffo aspettava lei e l'agente Wolf in ufficio, sarebbe stata una giornata piena, dovevano fare un sopralluogo in casa Deichs, andare dal coroner ed ascoltare di nuovo alcune persone.

Jude si era chiaramente suicidata, ma si doveva escludere ogni coinvolgimento diretto ed indiretto con qualsiasi altra persona.

Dopo una doccia veloce si preparò un toast ed un caffè macchiato, non aveva ancora finito di sistemare la maggior parte della roba che aveva negli scatoloni, erano stati posati nelle diverse stanze a seconda del contenuto in attesa di esser svuotati.

Aveva preso in affitto una casetta con giardino e garage, come quelle dei film, con il porticato e la bandiera degli Stati Uniti d'America puntata all'angolo della casa. Nel suo immaginario di bambina, quando non giocava con le macchinine della polizia insieme a suo fratello, aveva

sempre sognato di poter vivere un giorno, da adulta, in una casa così.
Ad Atlanta aveva sempre vissuto con la sua famiglia in un piccolo condominio, in centro, nel trambusto e nell'asfalto della città.
Indossò la divisa, raccolse i capelli in una lunga coda di cavallo, prese la sua pistola dal cassetto e la ripose nella fondina della cintura.
La centrale non distava molto, circa dieci minuti di auto da casa sua, e da Atlanta non aveva portato con sé solo i suoi scatoloni, per la maggior parte colmi di libri di trattati di psicologia e criminologia, ma anche la sua cara e vecchia Ford Torino del 1971 che le aveva regalato suo padre per l'ingresso in polizia.
Adorava quell'auto, era il suo trofeo, la ricompensava di tanti sacrifici, le ricordava l'amore per il suo lavoro, aveva dato tutto per la polizia, tanto da sacrificare anche la sua vita privata…
La temperatura, nonostante fossero le prime ore del mattino, era già altissima, Kate viaggiava con i finestrini completamente abbassati, radio East Cost trasmetteva un vecchio e famoso brano del 1965 California Dreamin' dei Mamas e the Papas, un genere folk rock che a lei non dispiaceva. Aveva deciso che il suo incubo non le avrebbe rovinato la giornata e cantare dietro le note della canzone a tutto volume stava avendo il suo effetto benefico.

"California dreamin'
On such a winter's day
Stopped into a church
I passed along the way
Well I got down on my kness
And I pretend to pray
You know the preacher likes the cold
He knows I'm gonna stay"

Un clacson suonò fortissimo per due volte consecutive.
"E chi diavolo è che suona così! Non c'è nessuno per strada!"
Guardò nello specchietto laterale e poi in quello posteriore.
Dietro di lei c'era Steve il suo collega a bordo della sua auto.
Si spostò leggermente per farlo accostare a lei.
"Ciao Anderson! Lo sai che dovrei multarti per la musica troppo alta vero?" le sorrise.
"Guarda possiamo chiudere un occhio per questa volta… ne avevo proprio

bisogno stamattina… per favore, è stata una nottataccia credimi." gli fece una faccetta triste.

"Ok ok, sì ho sentito Button, mi ha inviato un messaggio stanotte, so cosa è successo. Comunque la prossima volta non sarò così indulgente signorina Anderson." le sorrise ancora.

Continuarono il breve tragitto che rimaneva, accostati con le loro auto, fino alla centrale di polizia.

Steve, come lei, era stato trasferito da poco, era di Hampton ed era stato chiamato a Silver Lake per mancanza di personale, dopo che i due poliziotti di ruolo erano andati felicemente in pensione.

Quando poteva prendere permesso o ferie andava sempre a casa dalla sua famiglia.

Non era sposato, l'anno prima a 31 anni era stato ad un passo dal farlo, ma la sua fidanzata lo aveva tradito con il suo personal trainer, l'aveva scoperta in flagrante proprio Steve e così la loro storia si era conclusa nonostante lei in un secondo tempo, supplicandolo, volesse ritornare sui suoi passi, affermando che era stata una sbandata perché si sentiva sola per colpa del lavoro di Steve.

Ma lui era un tipo molto determinato, una volta decisa una cosa raramente tornava indietro, anche se la sua decisione lo portava a soffrire.

Non si conoscevano ancora molto, anche se ormai erano quasi due mesi che lavoravano insieme, non avevano avuto modo di entrare in confidenza, Kate non si era mai lasciata andare a chiacchiere personali durante il lavoro con Steve, aveva mantenuto un rapporto strettamente professionale.

Per essere precisi non aveva ancora legato con nessuno, Steve si era accorto di questa sua voglia di isolamento e non aveva insistito.

Erano arrivati, i due parcheggi rimasti liberi distavano uno a pochissimi metri dall'entrata della centrale e l'altro dalla parte opposta del piazzale.

Kate si immise diretta in quello più vicino all'entrata, ma Steve con una manovra da Formula 1 glielo soffiò in pochi secondi.

"Che stronzo…" si disse tra sé Kate mentre si affrettava ad inserire la retromarcia.

Steve scese dalla sua auto, le fece cenno di fermarsi, si avvicinò al finestrino, tolse i suoi occhiali a goccia scuri e con un sorriso che incorniciava i suoi occhioni castani le disse "Me lo dovevi, tu musica a palla ed io parcheggio!"

Si sistemò il berretto della divisa, le fece l'occhiolino più intrigante che avesse mai visto e si avviò in ufficio.

“Strafottente il ragazzo…”
Lo fissò dallo specchietto posteriore…
Non era un gigante, sul metro e settantacinque, di corporatura longilinea, ma la divisa gli stava proprio bene, era fatta apposta per lui, gli conferiva un’aria assolutamente autoritaria ed affascinante.
Come lei, anche l’agente Wolf era un mistero, a volte serio, a volte spiritoso, era difficile capire veramente che tipo fosse, ma una cosa di certo però li accomunava al cento per cento: tutti e due erano lì per passione, e tutti e due per amore del loro lavoro avevano perso qualcosa…

La prima ora l’avevano passata a rivedere le foto del corpo di Jude ed a rifare il punto della situazione, in parole povere non si andava da nessuna parte.
La morte della Steavenson se non implicata in qualche modo con l’omicidio di Marcos sarebbe stata in un paio di giorni archiviata come suicidio volontario, passata qualche settimana nessuno si sarebbe più ricordato di lei.
Kate seduta al tavolino nell’auletta delle riunioni mordicchiava nervosa la matita per gli appunti, stava pensando tra sé:
“Quel bambino non si è ucciso da solo, non si è chiuso in un sacco nero e buttato nel lago con le sue mani… Qualcuno lo ha fatto e non è possibile che non abbia lasciato una minima traccia, un errore, una dimenticanza…”
“È la tua nuova barretta proteica quella?” le chiese Steve con aria dubbiosa ed a bassa voce per non farsi sentire dallo sceriffo.
“Cosa?”
“Dicevo se quella povera matita è il tuo nuovo snack, la stai praticamente mangiando!”
“Ah sì, scusa, ero distratta, quando sono pensierosa a volte me la prendo con le matite.” sorrise Kate.
“Ok, comunque tutto a posto? Non voglio farmi gli affari tuoi, ma ultimamente mi sembri un po’ nervosa, so che magari la nuova casa, questa brutta storia del caso Deichs e…”
“Sto bene Steve ok?!!”
Lo fulminò con lo sguardo.
“Ok Anderson, ok…”
Si voltò e ritornò al suo foglio pieno di annotazioni.
Kate riprese a scrivere, le era dispiaciuto rispondergli così, ma non si sentiva in vena, e tantomeno era il momento giusto per le confidenze.

Annotò ancora un paio di cose mentre con la coda dell'occhio cercò di vedere Steve, non si era più girato a guardarla, era fisso e concentrato sulle parole dello sceriffo.
"Anderson e Wolf, queste sono le chiavi di casa della Steavenson, potete andare subito a controllare, alle 17,00 la Cassie vi aspetta nel suo laboratorio, vi voglio qui a farmi rapporto appena finito ok? Ah dimenticavo, da Joe al centro commerciale da qualche giorno prendono i buoni pasto della polizia, fate buon pranzo!"
"Grazie sceriffo Button! Ci passano anche lo smoking con i buoni pasto per pranzare da Joe? Vorrei essere elegante per la Anderson!" chiese Steve tra le risate.
Kate si mise una mano sulla fronte in segno di disperazione per la battuta appena sentita.
"No agente Wolf, ma non lamentiamoci, con 8,75$ facciamo un pranzo da signori!" rispose Button con un sorriso.
Erano stati fortunati, il loro capo non era il solito sceriffo con le manie di grandezza, era un uomo molto simpatico ma anche molto duro al momento giusto.
"Per fortuna Button ha senso dell'umorismo. Ad Atlanta una battuta così ed erano cavoli amari...!" disse Kate mentre oltrepassava la porta dell'ingresso principale della centrale.
"Tranquilla Anderson, qui noi gente di paese la prendiamo 'morbida'."
"La prendete come?"
"Morbida, tieni le chiavi!"
Steve le lanciò le chiavi di Jude, stavano andando nel piazzale per prendere l'auto di servizio.
Le era già dispiaciuto la prima volta andare a casa Deichs e vedere le foto di Marcos dappertutto, adesso anche Jude non c'era più e sarebbe stato ancora più triste.
"Steve volevo chiederti scusa per prima, sono stata un po' maleducata, mi dispiace, so che vo…"
"Non preoccuparti" la interruppe.
Le sorrise, ed entrarono in auto.
Dieci minuti dopo chiuse la radio della polizia ed accese quella locale su radio Dance Station.
"Ma che stai facendo?" gli chiese Kate.
"Non possiamo farlo!"
"Venti secondi e rimetto la nostra ok? Solo venti secondi, rendiamo questo

lavoro divertente ogni tanto."
Steve aveva ragione, lavorare nella polizia ti prendeva al punto che molto di te veniva assorbito dalle situazioni tristi in cui andavi ad intervenire, e lui, nonostante svolgesse egregiamente il suo lavoro non voleva perdere se stesso.
I venti secondi seguenti furono uno spasso, una macchina della polizia stava percorrendo la strada principale direzione lago, al suo interno, un serio e distinto agente in servizio guidava muovendo il bacino al ritmo di Thriller di Michael Jackson.
"Ahah ti prego, non ce la faccio!!!" gli disse Kate con le lacrime agli occhi.
"La canzone perfetta guarda!"
Continuò con movimenti rotatori.
Aveva ragione, era riuscito a rallegrare un po' l'atmosfera e dopo poco la radio tornò come promesso sul canale della polizia.
La casa di Jude si trovava poco distante dal posto in cui era stato ritrovato Marcos, e dove lei si era tolta la vita.
Era di color verde con i profili ed il porticato bianco, in giardino molte piante da fiore erano ormai secche, sicuramente non erano più state annaffiate da quel giorno.
C'era un gran silenzio, era la sponda del lago più tranquilla, il porticciolo con il suo caos di turisti e pub rimaneva sulla sponda opposta, il luogo perfetto per crescere un bambino, almeno questo era quello che chiunque avrebbe pensato fino a qualche tempo prima…
Il canto delle cicale sotto il sole caldo, l'erba cullata dal leggero vento e l'acqua del lago che splendeva, rendevano quel posto meravigliosamente etereo.
Un piccolo campanellino suonava roteando su se stesso all'interno di un acchiappasogni dalle piume dorate, era appeso fuori, sopra la porta d'ingresso, sembrava dire: "Benvenuti in questo angolo di paradiso…"
Già, un paradiso, un paradiso ormai perduto…

All'interno tutto era perfettamente in ordine e pulito, sembrava che nulla di brutto fosse mai entrato a far parte della vita delle persone che ci avevano abitato.
Dall'ultima visita, dopo il ritrovamento di Marcos, nulla era cambiato, si era solo aggiunta una scatola contenente le nuove medicine di Jude sul tavolo penisola della cucina.

"Venlafaxina 75mg e Paroxetina 20mg" disse Kate leggendo le etichette sui due flaconcini quasi vuoti.

"Due forti antidepressivi credo, queste cose se prese scorrettamente possono portare al suicidio, che dici Steve?"

"Dico che dobbiamo trovare la ricetta e vedere se ha rispettato il dosaggio indicatole dal medico."

"La borsa! La borsa di Jude, sicuramente la ricetta sarà lì, io la terrei lì!"

Si guardò ancora intorno Kate.

Cercarono in cucina, nel salotto, nel bagno del piano terra, controllarono qualsiasi cosa potesse venire utile, ma a parte la scatole con gli antidepressivi nulla sembrava connesso con la morte della ragazza.

"Niente, qui sotto non c'è, controlliamo il piano di sopra!" gli disse Steve.

Aveva tolto il berretto e passato una mano sulla fronte, la casa era un forno alle 11,30 di quel mattino di fine Luglio.

L'ispezione aveva riportato Kate a vedersi tutto intorno le foto del piccolo Marcos, vivo e felice… ogni volta che vedeva il suo faccino allegro impresso sulla carta fotografica era una pugnalata al cuore.

Salirono insieme le scale che portavano al piano di sopra, il corrimano era lucido e profumava di cera d'api, sull'ultimo gradino, a lato, appoggiato al muro, un orsetto di peluche stava immobile, tra le zampe teneva un foglio bianco ripiegato.

Kate accennando un sorriso prese il foglio, lo aprì ed all'interno disegnate con le matite colorate c'erano quattro persone vicino ad una casa verde.

Due donne e due bambini, erano divisi a coppie, la donna con i capelli biondi era vicino al bambino biondo come lei e si tenevano per mano, mentre l'altra donna che aveva i capelli grigi teneva per mano una bambina con i capelli lunghi e scuri.

"Un disegno di Marcos…"

Lo porse a Steve.

"Che carino… Chi sono queste persone?"

"Credo che la coppia dai capelli chiari sia probabilmente lui e Jude…ma l'altra coppia non saprei, magari amici, una nonna con la sua nipotina…" rispose Kate.

"Non c'era la volta scorsa questo disegno in giro mi sembra. Lo avrà messo Jude? Dopo il ritrovamento del figlio? Che senso ha??" le chiese Steve.

"Nulla ha un senso dopo che ti muore un figlio, Jude non era sicuramente più in sé, tutto quello che ha fatto dopo potrebbe essere assolutamente

lecito anche se assurdo." gli rispose Kate continuando a fissare il foglio.
"Lo portiamo in centrale che dici?" chiese Kate.
"Sì sì, portiamolo insieme ai flaconi ed alla ricetta se la troviamo, io guardo in bagno." rispose Steve.
"Ed io in camera."
La porta era accostata, la stanza era in assoluto ordine, Jude non aveva dormito prima di recarsi sulla sponda del lago la notte prima, il letto era intatto, ma al centro, sotto le lenzuola c'era un rigonfiamento, forse proprio la borsa che stavano cercando.
Kate, delicatamente prese l'angolo del lenzuolo e lo scostò veloce fino al centro del letto.
"Oh mio Dio!!!"
Si lasciò sfuggire un urlo di pieno terrore…
"Kate!!!"
Steve si precipitò in camera con la pistola puntata e pronto a qualsiasi evenienza.
L'agente Anderson era lì che lo guardava sconcertata ed imbarazzata, con una mano sul petto e l'altra che indicava il centro del letto.
"Cosa?? Un bambolotto??!" esclamò Steve.
"Si un dannato bambolotto!! Con indosso il pigiama di Marcos ed una sua foto attaccata sul viso per giunta!! Mi è venuto un infarto Cristo!" gli rispose Kate.
Steve si lasciò scappare una risata e ripose la pistola nella fondina.
"Sì, Jude era ormai bella che andata." si confermò da solo.
"Ok, cerchiamo questa maledetta borsa e andiamo via da qui" disse Kate mentre riprendeva fiato.
Perlustrarono a fondo tutte le tre stanze del piano di sopra compresa quella di Marcos, era rimasta come quando l'avevano controllata la prima volta il giorno della scomparsa.
Jude non aveva più toccato nulla, il resto della casa era pulito ma la camera del piccolo era ricoperta da una leggera e 'triste' polvere, nulla era stato spostato o modificato, il tempo in quella stanza si era fermato ad un mese e mezzo prima.
"Non c'è traccia della borsa, com'è possibile?"
Kate non riusciva a capire, le chiavi di casa erano state trovate nella pochette di pelle nera della pistola con cui si era tolta la vita Jude, ma la borsa in casa non c'era, l'ultima possibilità di trovarla era ormai in garage, rimaneva da controllare l'auto della ragazza.

Entrarono attraverso la porta di servizio della cucina, dentro, parcheggiata, c'era un'utilitaria di colore blu con i vetri oscurati, Steve si guardò intorno e trovò immediatamente le chiavi appese al muro.
"Eccole qui!"
Una volta aperta la portiera la loro caccia al tesoro si era conclusa.
"Era qui cavolo! Controlliamo!"
Kate svuotò la capiente borsa in ecopelle turchese, tra le mille cose che conteneva, finalmente, ripiegata all'interno di una fascetta portadocumenti in plastica trasparente c'era la ricetta.
Data e dosaggio coincidevano con l'etichetta sul flacone e con l'effettivo consumo, ma la ricetta era per un solo farmaco, mancava la Paroxetina…
"Sono farmaci che possono essere acquistati solo con la prescrizione, come si è procurata quello mancante?"
Steve stava controllando la data sul flacone incriminato.
"Questo comunque è più recente, ed è già quasi vuoto, un bel consumo direi" accertò l'agente Wolf.
"Portiamo tutto in centrale, chiamiamo Button e diciamogli che andiamo a parlare con il medico che aveva in cura Jude" disse Kate.
"Perfetto, però adesso andiamo a pranzare, abbiamo i buoni ed una bella pizza da Joe ci sta tutta dopo sta faticaccia! Però non ho lo smoking, fa lo stesso Anderson?"
Kate sospirò afflitta.
"Dovrò farmela andare bene lo stesso Wolf, non ho alternative d'altronde."
Gli fece lei un occhiolino questa volta.
Steve stava mettendocela tutta per rendere meno gravoso possibile l'intervento di Kate sul caso Deichs, aveva capito che in qualche modo la morte di quel bambino aveva toccato un tasto dolente della vita passata della sua collega.
Sentito lo sceriffo Button ed avuto il permesso per andare dal medico di Jude, salirono in auto destinazione pizza.

2

Da Joe si poteva mangiare la pizza italiana più buona di tutto il New Hampshire, tre tipi diversi di pasta base: grano, farro e riso, più una marea di condimenti tipici, pomodoro napoletano, mozzarella di bufala doc ed ottimi vini regionali.
Steve si sentiva come un bambino in un negozio di caramelle.
"Sì, voglio la Vesuvio! Con una colata lavica di filante mozzarella di bufala!"
"Ti mantieni leggero con questo caldo…" gli rispose Kate mentre sorseggiava una coca dietetica, il vino ovviamente era bandito in servizio.
"Tu cosa prendi Anderson?"
"Prenderò una marinara con aggiunta di tonno."
"Sacrilegio! Nel tempio della mozzarella tu prendi una pizza senza?!"
"Ebbene sì Steve, lascio a te questo onore, non so se riuscirei a fare un eventuale intervento con tutto quel formaggio sullo stomaco a 35 gradi."
"Potrei stupirti Anderson!"
"Oh, ne sono certa…!"
Sgranò gli occhi e fece cenno di approvazione con il capo.
In pochi minuti Steve divorò un'enorme pizza Vesuvio, Kate che si era mantenuta più leggera prese anche un sorbetto al limone di Sicilia.
"Dobbiamo andare in Italia… sì dobbiamo andare… quelli sì che sanno mangiare!" le disse Steve ancora con la bocca piena.
"Perché stai prendendo tutti quei tovaglioli di carta?" gli chiese Kate.
"Beh possono sempre tornare utili no? Li teniamo in macchina, io mi ci lucido gli stivali mentre sono fermo di pattuglia."
"Ah… vero… sei un uomo dalle mille risorse, come prima, durante la tua

esibizione di Thriller…"
"Esatto Anderson!"
Si alzarono dal loro tavolo, Steve mise i suoi occhiali scuri, pagò soddisfatto con alcuni buoni ed uscirono.
"Ok, andiamo a fare due chiacchiere con il medico curante di Jude, cosa c'è scritto sul timbro della ricetta?"
"Simon Jarret, il suo indirizzo è 22 di Madison Street" rispose Kate.
Il percorso fu abbastanza breve, parcheggiarono di fronte ad un villino in stile vittoriano.
Il portoncino dell'abitazione era lavorato in ferro battuto, degli angeli e dei demoni erano raffigurati in soprarilievo, stavano combattendo gli uni contro gli altri tra le fiamme.
"Mmh bel portone… caratteristico!" esclamò Steve storcendo il naso.
"A me piace, e poi per uno strizzacervelli è perfetto a parer mio, il bene contro il male… non è poi quello che combatte chi viene qui?"
"Come sei profonda Anderson!"
Le fece notare sospirando.
Pensava a Jude, alla battaglia che aveva perso con se stessa, ai demoni che erano entrati a far parte della sua vita in un qualsiasi pomeriggio di inizio estate, non solo quelli interiori, un demone vero esisteva, chiunque aveva ucciso Marcos era un mostro in carne ed ossa su questa terra, ed era libero di fare ancora del male…
Li fece accomodare nel grande ed accogliente salotto, il pavimento era di legno pregiato, poltrone scure in pelle, un'enorme libreria lavorata della stessa fattezza della scrivania.
"Accomodatevi, prego."
Presero posto sulle due poltrone.
"So che cosa è successo purtroppo alla mia assistita… ho saputo questa mattina, siete qui per questo immagino."
Era un distinto uomo di mezza età, di origini sicuramente del sud visto il colore della pelle leggermente ambrato ed i lineamenti marcati.
Aveva un timbro di voce basso e molto rilassante, di quelle persone che staresti ore ed ore ad ascoltare.
"Sì signor Jarret, siamo qui per la signora Steavenson, volevamo sapere qualcosa riguardo la sua salute psichica" gli disse Kate.
"Abbiamo fatto un sopralluogo nella sua abitazione ed abbiamo trovato questi due flaconi e questa ricetta medica, che cure seguiva?"
Kate gli porse la ricetta ed i flaconi.

“Beh, Jude purtroppo quando si è rivolta a me era già entrata in una forte
forma depressiva, avevamo appena iniziato le cure con la Venlafaxina. È
un antidepressivo non troppo forte, non volevo rischiare di innescare
grossi effetti collaterali, ed a quanto sembra dal consumo è stata rigorosa
nell’assunzione” ripose il flacone che gli era appena stato consegnato.
“Ma quest’altra non gli è stata prescritta da me, non le ho mai dato da
prendere della Paroxetina!”
“L’abbiamo trovato accanto a quello che le ha prescritto lei...” gli disse
Steve.
“Agente...?” gli chiese Jarret.
“Wolf.”
“Sì mi scusi, agente Wolf quel farmaco è ben più forte, soprattutto se preso
con maggiore frequenza giornaliera, non è solo un antidepressivo ma
anche un anticompulsivo e Jude non soffriva di DOC ossia di disturbo
ossessivo compulsivo.”
“Manie di ripetitività nel fare le cose, o ossessioni come l’ipocondria, la
paura dei germi, manie religiose eccetera giusto?” chiese Kate.
“Esatto agente.” rispose Jarret.
“Deve averglielo procurato qualcun altro, non è vendibile senza ricetta
medica dello specialista.” aggiunse il medico.
“I due farmaci se presi insieme possono portare ad un episodio di
depressione tale da suicidarsi?” gli chiese ancora Kate.
“Se preso in grosse quantità e senza controllo medico, in concomitanza di
altri farmaci antidepressivi sì... c’è un alto rischio di comportamento
suicidario. Anche se in casi come quello di Jude, a volte, nemmeno le
migliori cure possono riportare la pace... credo che sarebbe potuto
succedere ugualmente purtroppo.”
“Ci è stato davvero di grande aiuto signor Jarret, la lasciamo al suo
lavoro.”
Steve gli diede una bella stretta di mano e Kate non fu da meno.
“Spero riusciate a trovare chi ha rovinato la vita di Jude” disse il medico.
“Lo troveremo, per Jude e per Marcos, meritano giustizia...” rispose
l’agente Anderson.
Recuperarono la ricetta, i flaconi e risalirono sull’auto di servizio,
destinazione i vicini di casa di Jude.

Quel pomeriggio era di sicuro uno dei più caldi degli ultimi anni a Silver Lake, per strada, alle 14,30 non c'era nessuno, tutti chiusi in casa di fronte al condizionatore o comunque a qualsiasi fonte di fresco che si potesse trovare, l'asfalto della carreggiata creava con il calore il classico effetto ottico dell'acqua sulla strada.

Steve stava guidando ma era stranamente silenzioso, ed iniziava a sudare parecchio.

"Hey ti senti bene?"

"Sì Anderson perché?"

"Non hai una bella cera sai…?"

"No è il caldo, è troppo forte oggi e con sta camicia di bassa fattezza sembra di stare dentro il cellofan!"

"Ok, ma se non ti dovessi sentire bene dimmelo."

"Certo Anderson, comunque tranquilla, sto benone!"

Proseguirono fino ai pressi di casa Deichs, dovevano parlare con gli unici due vicini di Jude, il signor Patterson e la signora Mcduder, entrambi vivevano soli nelle rispettive case.

Patterson era del posto e conduceva una vita solitaria mentre la signora Mcduder si era stabilita lì una trentina di anni prima dal Maine, dopo la morte prematura del marito in un incidente stradale mentre tornava dal lavoro.

La casa di Patterson era la prima sul loro percorso…

Se l'abitazione dice molto del proprietario, quella allora era la carta di identità fedele di quell'uomo.

Il giardino era un'intera distesa di erbacce ed arbusti, lo steccato o quel che ne rimaneva era marcio e rotto.

La casa che un tempo doveva essere di un giallo acceso, ora aveva un colore tra il bianco ed il giallino ingrigito, infissi fatiscenti, tetto da rifare, e ciliegina sulla torta… un trattore di almeno una cinquantina di anni completamente arrugginito, parcheggiato a lato del giardino.

"Non oso immaginare cosa possa esserci dentro quella casa" disse Kate asciugandosi la fronte con il dorso della mano.

Il caldo era devastante…

Suonarono un paio di volte ma non ricevettero nessuna risposta.

"Qui non c'è nessuno, possiamo andare via" disse Steve cercando le chiavi dell'auto nelle sue tasche.

Proprio in quell'istante la porta si aprì.

Patterson, a petto nudo, con indosso solo dei jeans logori, teneva nella mano destra un sigaro e nell'altra una gallina quasi del tutto spennata. L'odore che usciva dall'interno era disgustoso.

"Di nuovo voi?! Cosa volete sapere ancora, non vi ho già detto che non c'ero quel dannato giorno, avete controllato no?!"

La sua voce era rauca, sembrava avesse ingoiato una manciata di chiodi arrugginiti.

"Signor Patterson credo abbia saputo che la sua vicina, la signora Steavenson purtroppo ieri notte si è tolta la vita" chiese Steve.

"Sì, mi dispiace, ma io che ci posso fare se le è partito il cervello a quella! Io sì e no le avrò parlato solo un paio di volte, non amo la compagnia dei vicini."

"Quindi non sa dirci se ultimamente si comportava in modo strano o diverso dal solito" continuò Steve.

"Non lo so, vi ripeto non dovete chiedere a me, piuttosto chiedete alla Mcduder, lei era più in confidenza, sa… le donne…"

Guardò con insistenza Kate.

"Ok, infatti parleremo anche con lei, posso chiederle se lei è in cura con qualche farmaco specifico?" chiese Kate.

"Beh signorina, Anderson giusto? Sa me lo ricordo il suo nome…"

Abbozzò un disgustoso sorriso libidinoso.

"Io sono un uomo anziano, prendo le medicine per la pressione e degli anticoagulanti per il sangue, ma se avessi la possibilità di poter lavorare con lei come il suo collega… beh un paio di pastigliette blu me le farei prescrivere!"

Scoppiò a ridere, il suono roco della sua gola rendeva la sua squallida battuta ancora più di cattivo gusto, la gallina che teneva per il collo dondolava al ritmo degli spasmi del suo ventre magro, sudato e flaccido, era disgustoso ed inquietante.

"Bene abbiamo finito signor Patterson." disse Kate, alzando il tono della voce, infastidita.

"Rimanga a disposizione, il caso Deichs non si è ancora chiuso, potremmo avere ancora bisogno del suo prezioso aiuto." continuò Kate mentre Steve lo fissava infuriato, avrebbe voluto attaccarlo al muro dopo quella misera battuta.

Patterson si ritirò chiudendosi la porta alle sue spalle.

Fecero per scendere dai gradini fatiscenti del porticato quando Steve si aggrappò al corrimano chinandosi.

"Steve… Steve cos'hai?!"

“Non sto bene Kate, mi viene da vomitare!”
“Aspetta suono di nuovo a Patterson e gli chiedo se ti lascia usare il bagno!”
“No no Kate!”
Stava iniziando a sudare freddo ed ad avere i crampi allo stomaco.
“Vado dietro il giardino, mi becco qualche malattia se entro lì den…!”
Non fece nemmeno a tempo a finire la frase che scappò dietro la casa di Patterson.
“Aspetta vengo con te!
Gli urlò Kate correndogli dietro.
Pochi metri dietro la casa e i due agenti si ritrovarono in una scena da film dell’orrore…
Decine e decine di galline giacevano morte, ammucchiate in tanti gruppetti sparsi a terra, la puzza di putrefazione era fortissima, centinaia di mosche ronzavano creando degli sciami neri.
Kate si bloccò e si mise immediatamente una mano sulla bocca ed il naso per non respirare quell’aria intrisa di marcio e morte.
Steve invece non poté far altro che terminare quello che aveva già iniziato…

“Ti senti meglio?”
Kate era seduta su un barile di plastica accanto a Steve, si erano spostati sul lato opposto del terreno del signor Patterson.
“Sì, adesso sto bene, scusami… è stata la pizza..”
“Te lo avevo detto di non esagerare con tutto quel formaggio io…”
“Sì lo so, ti prego non ricordarmelo altrimenti mi viene di nuovo la nausea!”
Steve le sorrise, era bello anche quando stava male, il suo punto forte era proprio il viso, aveva uno sguardo stupendo, profondo e felino.
“Che diavolo è successo là dietro, perché tutte quelle galline morte? Dici che le ha uccise tutte lui? Magari un raptus di follia omicida…” le chiese mentre si ricomponeva e rimetteva i suoi occhiali da sole scuri.
“Ah non lo so, ma adesso vado a chiederglielo a quel pazzo!” rispose Kate.
Risalì le scalette fatiscenti del porticato, suonò e questa volta dopo pochi secondi la porta si aprì.
Era ancora a petto nudo, con i suoi jeans logori, ma oltre al sigaro, al posto della povera gallina teneva una bottiglia di Bourbon.
“Oh… ha ripensato a quello che le ho detto a riguardo delle pastigliette blu

signorina Anderson?”
“Signor Patterson che cos’è quello scempio dietro il suo giardino?! Tutte quelle galline morte da giorni ammassate! Lo sa che va contro le regolamentazioni igieniche?!”
“Sono morte… mica potevo mangiarmele tutte! Si sono ammalate le disgraziate, ne sono rimaste solo tre, anzi due perché una me la mangio stasera!”
“E cosa sta aspettando di farne con le altre? Come intende smaltire tutto quell’ammasso di cadaveri?”
“Le brucio!” aspirò profondamente dal suo sigaro ormai alla fine.
“Le brucio tutte! Ho avuto da fare in questi giorni, per questo sono ancora lì.”
“Lasci perdere, lei non brucia proprio niente, le mandiamo noi qualcuno dal centro veterinario che le porterà all’inceneritore.”
Patterson le sorrise, per quanto una bocca con soli quindici denti potesse essere considerato un sorriso…
“Bene, allora grazie, non vuole entrare signorina…”
Questa volta le fissò i bottoni della camicia della divisa all’altezza del seno.
“Le offro un caffè.”
Scostò la porta d’ingresso invitandola ad entrare, Kate cercò di vedere all’interno, ma tutto quello che c’era di visibile in quell’ammasso di sporco era un tavolo al centro di una sala, e nel mezzo di quel tavolo la gallina di prima, con la testa mozzata ed il resto del corpo dentro ad una scodella completamente sporca di sangue.
“Mio Dio, che schifo…”
Pensò cercando di non lasciar trasparire il suo disgusto.
“No signor Patterson, come le dicevo rimanga a disposizione!”
“Per lei sempre signorina Anderson.”
“Agente Anderson, grazie.”
Chiuse la porta con tutte le mandate.
“È un viscido” disse Steve.
“Non mi stupirei se fosse lui l’assassino di Marcos, saremmo dovuti entrare quando ti ha invitata.”
“Se lo ha fatto e perché non aveva nulla che poteva farci insospettire, siamo stati nel retro il tempo necessario a nascondere eventuali prove, sempre se mai fosse implicato, ha un alibi di ferro Steve, possiamo solo tenerlo d’occhio per il momento” rispose Kate.

Erano entrambi esausti, la mattinata si era rivelata molto più movimentata di quello che avevano immaginato, per andare a casa della signora Mcduder avevano preso comunque l'auto, anche se si trovava ad un centinaio di metri, per ogni evenienza doveva essere a disposizione.

Kate aveva parcheggiato a lato della casa, vicino al garage.

A differenza di Patterson, la signora Mcduder aveva una casa ed un giardino curatissimi.

Moltissime piante fiorite in perfetto ordine facevano sembrare la loro piccola visita un tour all'orto botanico.

Salirono le scalette adornate, ogni scalino aveva tre piantine ai lati, dello stesso colore e specie.

La porta aveva su tutto il perimetro esterno una pianta rampicante dalle piccole foglie verdi brillante.

Suonarono e quasi subito una donnina dai modi delicati e gentili li invitò ad entrare.

"Oh ragazzi, buongiorno... Prego accomodatevi, non rimanete sulla porta."

"Buongiorno signora Mcduder" le rispose per primo Steve.

Si accomodarono, la casa profumava di sandalo e gelsomino, era tutta arredata in stile romantico antico, vasi di fiori appena colti, composizioni di fiori secchi, tutto perfettamente in ordine e pulito, sembrava di stare in un giardino incantato.

Insistette per offrire loro del the fresco aromatizzato alla menta.

"Con questo caldo è l'ideale, bevete..."

"Grazie" le risposero insieme Kate e Steve.

Sorseggiarono il loro the freddo che effettivamente era ottimo e rinfrescante.

"Signora Mcduder, dovremmo farle ancora qualche domanda su Jude purtroppo."

Si rivolse Kate, con delicatezza alla donna.

"Certo, non sapete quanto ho pianto tra ieri ed oggi."

Era effettivamente molto provata in viso, anche se per la sua età aveva ancora dei lineamenti morbidi e delicati, la sua pelle bianchissima incorniciava perfettamente i suoi occhi blu.

"Jude era come una figlia per me, sapete io sono rimasta sola molto giovane e l'arrivo di Jude qui mi ha portato un po' di gioia."

Kate le prese la mano, l'anziana donna aveva le lacrime agli occhi.

"E anche la morte di Marcos, adoravo quel bambino, la mattina che è

scomparso ero con Jude, stavamo sistemando le sue aiuole e lui è sparito…
sono corsa in casa a chiamare la polizia, ma non è più tornato.”
Scoppiò in lacrime.
Steve le porse un fazzolettino di carta recuperato dal pacchetto che aveva
in tasca.
“Ascolti, sa dirci se Jude era diversa dal solito in questi ultimi giorni, se ha
notato qualcosa di strano?”
“Jude dalla morte di Marcos è sempre stata strana, prendeva anche dei
farmaci ma non so bene quali, non si è più fatta vedere molto, stava
sempre chiusa in casa. Non era più la Jude che conoscevo.”
Scoppiò di nuovo in lacrime.
“Mi dispiace tanto signora Mcduder, capisco la sua situazione… lei non ha
figli? Nessuno che le può stare vicino in questo momento?” le chiese Kate.
“No, non ho avuto figli, sono completamente sola.”
“Le posso chiedere se fa qualche cura in particolare, se prende dei
farmaci?”
“Be sì prendo le mie medicine per la pressione, il diabete e delle vitamine,
fortunatamente non ho gravi problemi.” sorrise.
Si alzò e prese da una mensola della cucina una scatola di cartoncino
decorato con petali e foglie. All’interno, in ordine per grandezza, delle
pastiglie per la pressione, per il diabete e delle vitamine.
Mostrò loro i farmaci ed elencò i dosaggi.
Dopo ancora qualche minuto di piacevole conversazione decisero di
andare.
“Grazie mille per il the, era davvero ottimo!” le disse Steve.
“Verrete al funerale di Jude domani pomeriggio? Mi farebbe piacere ci
foste anche voi ragazzi” chiese la donna mentre si apprestava a mettere i
loro bicchieri vuoti nel lavello della cucina.
“Dovremmo esserci, comunque deve darci il permesso lo sceriffo,
saremmo in servizio per quell’ora, vediamo se fa uno strappo” rispose
Steve.
Si alzarono, la signora Mcduder sciacquò tre volte i due bicchieri e li pose
nello scolapiatti, poi prese un mazzolino di fiori appena colti che aveva in
un vasetto di vetro blu sul tavolo, e dopo averli fasciati sul fondo li porse a
Kate.
“Per lei agente.”
Li prese felicissima.
“Grazie sono bellissimi!”

“A voi ragazzi, buon lavoro.”
“Che dolce donna” disse Steve percorrendo il vialetto che dal porticato portava in strada.
“Sì, mi dispiace che adesso rimarrà di nuovo tutta sola…” rispose Kate mentre annusava i suoi fiori.
“È quasi ora, dobbiamo andare dalla Smith” farfugliò Steve nel bel mezzo di uno sbadiglio educatamente coperto dalla sua mano.
“Questa giornata non finisce mai, ci credi che sono esausta?”
“Siamo in due Anderson… siamo in due…”

Lo sbalzo di temperatura era stato bruschissimo, fuori 35 gradi, mentre dentro il laboratorio 15 gradi, l’aria condizionata era al massimo, la Dottoressa Smith indossava addirittura un foulard di seta intorno al collo oltre al camice a maniche lunghe.
“Agenti Wolf e Anderson… buonasera. Purtroppo abbiamo il sistema di condizionamento guasto, o teniamo spento e direi che non è il caso, o facciamo finta di essere in settimana bianca.”
“Perfetto… sarà un toccasana per il mio stomaco…” pensò Steve guardandosi intorno curioso.
Era già stato al laboratorio quando avevano ritrovato il corpo di Marcos, ma in quell’occasione non aveva notato l’incredibile moltitudine di strumenti ed apparecchiature che ne facevano parte.
Era stato concentrato sul fatto che quello che avrebbe visto sotto il lenzuolo non gli sarebbe piaciuto, e così era stato.
La Smith andò dall’altra parte della stanza e prese una cartellina posata sulla scrivania, erano i risultati degli esami autoptici della Steavenson.
“Dunque, questi sono i risultati tossicologici effettuati questa mattina, non vi sono tracce di sostanze stupefacenti o particolari, solo della Venlafaxina nelle giuste quantità.”
“Nessuna traccia di Paroxetina? Nessuna interazione o sovradosaggio?” chiese Kate.
“No no, nessuna traccia di quel farmaco. Jude era comunque in buona forma fisica, sì aveva avuto un forte dimagrimento, ma dovuto ad una sua restrizione alimentare magari dettata dal periodo di forte stress emotivo.”
“E quindi la sola causa della morte è il foro di entrata del proiettile…” aggiunse Steve.
“Esatto agente Wolf, tenete…”
Porse ai due agenti la cartellina con i fogli.

"Sono la copia di tutti gli esami da me effettuati, ho fatto un miracolo a fare tutto in un solo giorno."
"Grazie Dott.ssa Smith, è stata preziosissima, li portiamo subito in centrale allo sceriffo" rispose Kate.
"Dimenticavo, tra poco arriveranno gli operatori delle pompe funebri a ricomporre la salma, volete vederla prima di..."
"No no, non c'è bisogno." la interruppe Kate.
Aveva già visto abbastanza la notte prima.
"Chi si occupa del funerale? L'ex marito?" chiese Steve.
"Dei parenti di Philadelphia, era nata lì, classica situazione dove non ci si parla per anni e poi ci si ritrova ai funerali obbligati." rispose la Smith.
"Aspetti, posso lasciare un fiore per Jude Dottoressa?"
"Certo agente Anderson."
Kate corse alla macchina, prese alcuni fiori dal mazzetto della signora Mcduder e rientrò veloce nel laboratorio.
"Eccoli!"
"Può posarli sulla salma, sopra il lenzuolo se vuole."
La Dottoressa Smith aprì il portello della celletta frigorifera e fece scorrere il carrello di metallo con sopra il corpo di Jude.
Delicatamente Kate posò sopra il lenzuolo bianco i fiori che aveva recuperato, voleva pensare che adesso Jude era di nuovo con Marcos da qualche parte, in un posto migliore, felici... ancora insieme in riva ad un lago dove non esisteva il dolore, dove non esisteva la morte...

La stanchezza si era fatta sentire, erano tornati in centrale, avevano fatto rapporto allo sceriffo Button, e consegnato tutto il materiale recuperato: la ricetta, il disegno, le medicine di Jude e gli esami del coroner.
La vicenda di Jude Steavenson sarebbe stata archiviata come - suicidio volontario - nessun elemento era stato collegato al caso Deichs, Kate aveva sperato che la morte della giovane mamma non fosse stata vana, che in qualche modo avrebbe portato a scoprire qualcosa sull'assassino di Marcos, ma nulla era stato riconducibile.
Era rientrata a casa e dopo pochi minuti, tolta la divisa e messa comoda in canotta e pantaloncini, si era addormentata sul divano.
"Kate... Kate svegliati... guarda..."
Aprì gli occhi, era giorno, c'era il sole e l'erba dondolava dolcemente intorno a lei, era in riva al lago...
"Cosa?! Dove sono?!"

Una voce molto dolce le rispose.

"Sei qui con me…"

Kate non capiva, era seduta sulla riva del Silver Lake e qualcuno la stava chiamando per nome.

"Chi parla? Chi ha parlato?!!"

"Sono Marcos… sono qui…"

Si voltò in preda all'angoscia, alle sua spalle, tra l'erba, un bambino biondo con due grandi occhi azzurri le sorrideva.

"Marcos?!! Marcos sei tu!!"

Il piccolo la guardava divertito e Kate, quasi paralizzata dall'emozione, non riusciva a muoversi.

"Guarda Kate… guarda cosa ho fatto… ti piace?"

Aveva tra le manine un foglio bianco, lo aprì e lo rivolse a lei per mostrarle quello che c'era all'interno.

Era il disegno che avevano trovato in casa Deichs, il bambino biondo con la signora bionda e la signora con i capelli grigi e la bambina con i capelli scuri.

Kate non riusciva a muoversi, aveva le gambe bloccate, stava seduta a terra.

"Marcos… piccolo vieni qui da me!"

Ma il bambino la fissava e le mostrava il disegno senza parlare.

"Marcos chi ti ha fatto del male… dimmelo! Ti prego Marcos rispondimi… chi ti ha portato via dalla tua mamma…?!"

Il piccolo non le rispose, il suo sorriso svanì ed i suoi occhioni sorridenti si intristirono e si riempirono di lacrime, lasciò cadere il foglio a terra ed il vento lo portò via con sé…

"Marcos!!"

Kate era disperata, voleva alzarsi e correre da lui ma non poteva muovere le gambe, un dolore fortissimo ed una grossa macchia rossa si formò sul suo ventre, era sangue, stava sanguinando copiosamente.

"Marcos ti prego!!"

Ma il piccolo continuò a non rispondere, la guardò un'ultima volta, le lacrime iniziarono a rigargli il visino… aveva l'espressione vuota e persa di chi non ha più nulla.

Le porse la manina come per toccarla e le disse solo:

"AIUTAMI…"

Ed il suo corpicino riprese le sembianze del suo ritrovamento… la pelle divenne scura, vi si formarono crepe profonde come le venature di un vaso di ceramica ed iniziò a bruciare... si consumò in pochi istanti fino a diventare una sagoma di cenere senza vita...

Kate urlò inorridita, gli tese una mano in preda alla disperazione, ma il bambino si dissolse nell'aria in migliaia di piccolissimi frammenti leggeri trasportati via dal vento...

Si svegliò tra le lacrime, quel sogno era stato così maledettamente reale, non aveva mai sognato Marcos e vederlo piangere e bruciare l'aveva sconvolta.

Il dolore al ventre del sogno lo sentiva ancora sulla sua pelle, si tirò su la canotta bianca che indossava, la cicatrice le bruciava... era il ricordo di un colpo di arma da fuoco che aveva ricevuto durante una rapina in una banca di Atlanta, un paio di mesi prima.

Si tirò giù dal divano e decise di mangiare qualcosa, aveva bisogno di cenare e si ricordò che voleva chiamare Steve per sapere come stava.

Prese il telefono e compose il numero del cellulare.

"Ciao Steve sono Kate, come stai?"

"Anderson! Ciao! Sono da Zhu, stavo per ordinarmi qualcosa, sono troppo stanco per cucinare, tu hai cenato?"

"No devo ancora andare a preparare."

"Be se vuoi ti prendo io qualcosa qui e te lo porto, dai non fare la preziosa! Poi vado via, ti lascio solo la cena da buon fattorino!"

Kate in un'altra occasione avrebbe risposto con un gentile no non ti preoccupare, ma dopo quel sogno aveva bisogno di compagnia.

"Ok dai, prendimi semmai un riso a tua scelta e degli involtini."

"Perfetto, allora a tra poco."

"Sì ma tu con lo stomaco in disordine cosa hai intenzione di mangiare?"

"Tranquilla Anderson, prendo due porzioni di riso in bianco e della soia, faccio il bravo stasera!"

La voce di Steve l'aveva fatta sentire già meglio, era incredibile come quel ragazzo le trasmettesse positività.

"Ok allora ti aspetto... grazie."

"A dopo Anderson!"

Riattaccò, stava sorridendo e non se ne era nemmeno accorta, in una frazione di secondo realizzò che doveva almeno preparare la tavola, aveva sempre cenato e pranzato con le tovagliette per comodità.

Andò di corsa a cercare lo scatolone che conteneva la biancheria da cucina, sperava di trovare una tovaglia nuova.

In pochi minuti aveva apparecchiato per due, avrebbe chiesto a Steve di cenare con lei.

Si sedette sul divano e accese la tv nell'attesa, aveva parecchia fame, sul tavolino di vetro che aveva di fronte c'era posata la cartellina con gli appunti e le fotocopie di tutti i documenti riguardanti il caso Deichs, li aveva studiati per settimane.

Ripensò al sogno, perché Marcos le aveva mostrato quel disegno... chi erano quella donna e quella bambina... Kate sapeva che i sogni spesso sono senza senso, ma quella richiesta di aiuto, così disperata, le era sembrata tanto reale.

Voleva e doveva fare qualcosa per lui...

Il campanello suonò impazzito, si precipitò ad aprire, Steve in canotta nera e pantaloni della tuta grigia teneva due sacchettini in mano e le cuffiette alle orecchie.

"Entra, prego."

"Tieni Kate, fai buona cena" le sorrise e le porse il sacchettino.

"No aspetta, che ne dici di mangiare insieme, dai fermati."

"Come? Non ho lo smoking Anderson!"

"Beh se è per questo, non lo avevi nemmeno a pranzo oggi."

Steve era stupito di questo slancio da parte della solitaria e riservata collega, ma ben contento non se lo fece ripetere due volte.

Cenarono tra le risate per le battute di Steve sui colleghi di Hampton, era da tempo che Kate non si divertiva così.

Poi lei decise di raccontargli del sogno.

"Ti sei presa proprio a cuore questo caso Anderson."

Kate sentì dopo tanto tempo di potersi fidare, Steve oltre ad essere un burlone ed alle volte strafottente sapeva comunque essere comprensivo e serio nelle giuste circostanze.

"Vedi Steve, io mi sono trasferita qui dopo aver rotto con il mio fidanzato, siamo stati insieme 10 anni."

"Un bel po' di tempo direi!"

"Ad Atlanta un paio di mesi fa mi hanno ferita durante una rapina in una banca."

Tirò su la canotta fino a scoprire la cicatrice, il segno scuro stonava con la vita perfetta ed affusolata di Kate.

"Un bel foro Anderson accipicchia! Ma ti rende molto sexy sai!"

"Ma smettila dai Steve..."

Arrossì.

"Ti giuro, fa molto Lara Croft in missione… non so se mi spiego" sorrise.
"Il problema è che ero incinta."
Steve si zittì e la guardò incredulo e dispiaciuto.
"Oddio Kate, mi dispiace…"
"Hai… hai perso il bambino quindi…"
"Sì…"
"Ed è stata tutta colpa mia, ero incinta al quarto mese, avrei dovuto dirlo sul lavoro ma sapevo che mi avrebbero messa in ufficio ed io volevo continuare a lavorare sulla strada capisci…"
Kate aveva gli occhi umidi di lacrime.
"Il mio collega è morto ed un altro è rimasto ferito ad un braccio, io me la sono cavata, ma il proiettile ha preso me ed il mio bambino…"
Le lacrime iniziarono a scenderle sul delicato viso.
Steve si avvicinò e le prese il volto tra le mani.
"Kate ascolta… non è stata colpa tua, tu hai fatto solo il tuo dovere da brava poliziotta, hai difeso delle persone dentro quella banca, erano armati, hai salvato delle vite…"
"Ma non ho salvato mio figlio… era un maschietto, lo avevo appena saputo."
Le lacrime scendevano copiose, si sentiva così vulnerabile in quel momento, non avrebbe mai pensato che avrebbe raccontato a Steve di quello che l'aveva portata a Silver Lake.
"Il mio fidanzato non mi ha mai perdonata ed il nostro rapporto è morto insieme a nostro figlio, ho chiesto il trasferimento ed ora sono qui ."
"Il tuo ex fidanzato è un idiota, avrebbe dovuto solo ringraziare il Signore che sei sopravvissuta!"
Steve l'abbracciò e la strinse forte a sé.
"Non posso più fare nulla per il mio bambino, ma posso cercare con tutte le forze di trovare l'assassino di Marcos e fare qualcosa per lui e per Jude."
"Lo troveremo Kate, magari ci vorrà ancora del tempo ma lo troveremo!"
"Ci è sfuggito qualcosa Steve, ci deve essere qualcosa che non abbiamo trovato o visto, lo so, lo sento…"
Ci fu un attimo di silenzio tra i due, poi lei riprese.
"E poi… questa storia della medicina, non lo so, non mi convince, perché non riusciamo a trovare chi ha dato la Paroxedina a Jude? Lei non frequentava nessuno, gli unici sono i vicini e a quanto dicono nessuno dei due prende psicofarmaci." continuò Kate.
"E non possiamo nemmeno vedere se stanno mentendo, senza sospetti non

possiamo avere un mandato per controllare le abitazioni o chiedere ai loro medici" rispose Steve.
"Poi mi dico da sola che non c'entra nulla la Paroxedina, magari qualcuno erroneamente voleva solo aiutarla a stare meglio e gliel'ha portata e lei non l'ha mai assunta, ma se veramente fosse stato uno dei due vicini perché mentire…"
Kate non riusciva a mettere insieme i tasselli di un puzzle a cui mancavano quelli più importanti.
"E se la avesse fatta arrivare illegalmente tramite internet?" chiese Steve.
 "Be potrebbe, ma non l'ha assunta, comunque nessuno ormai ci lascerebbe sequestrare il pc con l'archiviazione per suicidio volontario, lo avevamo già fatto controllare per Marcos ricordi? Gli esami dicono che non c'erano tracce di quel farmaco nel corpo di Jude, ma il flacone era mezzo vuoto, è di qualcun altro quella medicina."
"È vero… comunque Patterson non mi convince Anderson, fidati di me."
"Sì lo so, mette i brividi ma non saprei, forse voglio pensare che non è giusto discriminarlo così a prescindere perché è quello che è."
"Un pazzo furibondo ubriacone che sbava dietro le bambine?" sottolineò Steve.
"In effetti…" sospirò Kate.
"Quello che sappiamo è che Marcos è stato ucciso dalle fratture sul cranio, poi bruciato e buttato nel Silver Lake dentro un sacco nero della spazzatura. Nessun sospetto o indizio, nessuna impronta o tracce di Dna, tutti puliti ed estranei alla vicenda, Jude si è suicidata per il dolore ma sappiamo che aveva un farmaco che non era il suo ed è prescrivibile sotto controllo medico per casi di depressione e disturbi ossessivi compulsivi, e poi… perché tanta ferocia contro un bambino innocente?"
"Anderson a volte i pazzi sono pazzi e basta… chi ha fatto una cosa del genere a Marcos può solo che essere quello."
"Hai ragione, a volte cerco spiegazioni dove una vera e propria ragione non c'è, mi soffermo su quel farmaco e magari non significa nulla, ma dobbiamo valutare tutto."
Parlarono del caso Deichs fino a tardi, insieme rividero tutta la documentazione, Steve era rimasto molto colpito dalla storia di Kate, lui era l'unico che poteva comprendere davvero: fosse stato in lei avrebbe agito in ugual modo, l'amore per il suo lavoro lo avrebbe portato nella stessa situazione.
Ora capiva la sua determinazione, ora capiva perché quella bellissima e

giovane poliziotta era tanto discreta e misteriosa, si era confidata con lui, era stata una grande dimostrazione di fiducia e aveva deciso che le sarebbe stato vicino e che l'avrebbe aiutata al massimo per scoprire la verità.

3

I primi raggi di sole filtravano attraverso le tende delle finestre, era la classica mattina americana, il profumo del caffè e dei pancake inebriava ogni casa del vicinato, fuori il postino si dilettava nel lancio olimpico del giornale al di là degli steccati, chi si apprestava ad andare a lavoro, e chi come il signor Ross, alle 07,30 del mattino fracassava i timpani e non solo quelli con il suo tagliaerba…
"Maledizione…"disse Kate aprendo un occhio e portandosi entrambe le mani alle orecchie.
 Era reduce da una lunga serata fatta di risate ma anche di studio con Steve, contava di poter fare ancora qualche ora di sonno tranquillo.
"Prima o poi glielo sequestro quell'arnese infernale lo giuro!"
Si rigirò su se stessa tra i suoi quattro cuscinoni, voleva dormire ancora un po' ma il rumore era troppo forte.
"Un bel caffè è quello che ci vuole prima che esca e gli distrugga il giocattolo!"
Irritatissima scese dal letto, andò in cucina, preparò l'acqua nel bollitore ed aprì lo sportello in alto alla sua destra.
La scoperta che fece fu per lei terrificante… il caffè era finito!
Non poteva vivere senza la sua dose mattutina…
"Ok Kate, mantieni la calma…"
Si sentiva un'idiota quando pensava ad alta voce, ma da quando viveva sola le capitava spesso, forse inconsciamente faceva compagnia a se stessa.
Avrebbe iniziato il turno nel pomeriggio e la mattina che avrebbe voluto sfruttare per riposare si era trasformata in MISSIONE COLAZIONE!

In quelle giornate così terribilmente calde la scelta del vestiario quando era in borghese non consentiva molte alternative, canotta e shorts le avrebbero consentito di sopportare i 30 gradi già all'attivo alle 08,00 del mattino.
Con la sua Ford Torino si diresse ad una tavola calda il Rosy Diner a qualche isolato di distanza, era uno dei migliori, faceva un ottimo caffè ed aveva la torta al cioccolato più buona che avesse mai mangiato.
Ordinò la colazione, di fronte a lei una coppia di anziani beveva un succo d'arancia tenendosi per mano.
Pensò a quanto fosse meravigliosa quell'immagine, a quanto era ormai difficile vedere coppie così, a quanto il mondo era cambiato, ed a quanta poca importanza si dava alle cose essenziali della vita.
Sul tavolo a fianco, una copia del Madison Journal stava ripiegata su se stessa. In prima pagina, in un trafiletto, a fianco le notizie principali, le previsioni meteo annunciavano un ulteriore aumento delle temperature.
Sfogliò fino ad arrivare alle notizie locali in fondo al giornale, un piccolo articolo annunciava i funerali della mamma suicida di Silver Lake...
Ripensò a tutti gli articoli che aveva letto sulle prime pagine dei giornali al ritrovamento di Marcos, dell'allarme mostro nella tranquilla e ridente cittadina del sud est degli Stati Uniti, un fulmine a ciel sereno per quegli abitanti abituati a leggere al massimo del furto della vecchia auto del padre da parte del classico adolescente in piena crisi esistenziale, o della rissa tra due anziani sul molo per il posto barca.
Quella cittadina era così diversa dalla sua città, e con sè anche i suoi abitanti, era una vita scandita dalla tranquillità, dai ritmi 'morbidi' come diceva Steve, ed a volte lei, abituata ai ritmi frenetici di Atlanta, si sentiva 'diversa'.
Finì il caffè e l'ottima fetta di torta ed andò a pagare alla cassa di fianco all'uscita.
Il centro commerciale era il luogo dopo il parco ed il porticciolo più trafficato della città, oltre a Joe c'erano altri venti esercizi tra negozi e locali come ristoranti e bar.
Era stata in coda in cassa più del dovuto a causa di un guasto al lettore di carte, non vedeva l'ora di arrivare a casa e magari riuscire a riposare un'ora sul divano, sempre che il signor Ross avesse smesso con il suo maledetto tagliaerba.
Uscita fuori, nel parcheggio si sentì chiamare.
"Agente Anderson!"
Si voltò verso la seconda zona di raccolta carrelli.

“Signora Mcduder!”
Tornò educatamente indietro.
“Buongiorno agente, per poco non la riconoscevo senza la divisa!” le sorrise.
“In effetti sì, mi ha vista sempre e solo in servizio.”
“Mi scusi, mi è rimasto incastrato il gettone per prendere il carrello, potrebbe aiutarmi?”
Kate posò il suo sacchetto e la borsa a terra, il gettone faceva parte di un portachiavi ricavato da un anello in ferro a cui era agganciato un galleggiante arancione da pesca con una cordicella da barca con tre nodini.
“Deve averlo inserito male e così non è scattata la molla che rilascia il gancio che si inserisce nel carrello di fronte.”
“Sono proprio maldestra agente.”
“Aspetti…”
Kate prese una delle forcine che aveva tra i capelli vicino l’elastico della coda e lo inserì all’interno della fessura al lato del gettone, un paio di movimenti e la molla rilasciò il gancio.
“Grazie mille” le disse dolcemente la signora Mcduder.
“Si figuri! Ci abbiamo messo un’attimo!”
“Ci sarà oggi pomeriggio?” le chiese la donna estraendo il carrello.
“Sì ci saremo io e l’agente Wolf.”
“Bene… Jude apprezzerebbe…”
Quella donnina così dolce aveva dovuto amare tantissimo Jude, quando ne parlava emanava un calore materno che molte madri non possedevano, un amore che avrebbe voluto donare ad un figlio suo e che nell’impossibilità aveva riversato su quella giovane ragazza, sfortunata e sola.
“La devo salutare, scappo a casa che poi oggi nel primo pomeriggio monto in servizio.”
“A dopo allora agente, e grazie ancora.”
Kate recuperò la borsa ed il sacchetto e salì sulla sua auto, mentre percorreva la strada verso casa e si attanagliava la mente, ripensando a tutte le possibilità ed eventuali piste da seguire, non poté che capacitarsi del fatto che una delle poche cose che poteva fare era ricontrollare personalmente i reperti che facevano parte della scena del ritrovamento.
Aveva la documentazione ma erano descrizioni scritte e foto, voleva rivedere ogni minimo frammento o dettaglio dei pochissimi resti dei vestiti di Marcos e del sacchetto dove era stato chiuso.
Avrebbe dovuto fare richiesta scritta allo sceriffo, e se non quella sera

stessa, lo avrebbe fatto il giorno seguente.

Finalmente il pensile della cucina aveva la sua scorta di caffè, il signor Ross aveva smesso con il tagliaerba ed il suo praticello era perfettamente a posto.
Tutti nel vicinato si erano lamentati decine e decine di volte con lui per quel rumore molesto ad ore così assurde, ma, un po' l'arteriosclerosi, un po' la sua testardaggine, aveva continuato imperterrito a spezzare il sonno dei suoi poveri vicini.
Kate decise di distendersi sul divano per un'ora, poi, avrebbe pranzato e iniziato il suo turno pomeridiano di servizio, alle 16,00 insieme a Steve sarebbe andata alla funzione di Jude.
Questa volta non sognò bambini che annegavano in carrozzine o Marcos che le chiedeva aiuto per poi dissolversi in un mucchio di cenere leggera, sognò se stessa bambina, ad Atlanta nella sua casa, lei con suo padre, lei che giocava felice in giardino con suo fratello, vita quotidiana di bambini che non sapevano fortunatamente cosa significasse l'orrore della morte.
Quell'ora di sonno le tolse un po' della stanchezza che non era riuscita a smaltire durante la notte.
Avrebbe fatto un pranzo leggero e veloce, una ricca insalatona con pomodori, mais, tonno, olive, mozzarella e un gelato al caffè che non si faceva mai mancare nel freezer.
Terminato il pranzo e sistemata casa era pronta per la sua giornata lavorativa.
Il giro di pattuglia era il momento più tranquillo del turno, a Silver Lake non si rischiava di solito di venire coinvolti o di intervenire in grossi e pericolosi interventi.
Fermi ad un incrocio in un momento di pausa, Steve tirò fuori due delle decine di tovaglioli che aveva preso da Joe.
"Visto? Ecco perché sono l'agente con gli stivali più puliti dello stato!"
"Hai ragione, sono molto più lucidi dei miei."
"Vedi Anderson, il segreto è nella trama della carta stessa, i tovaglioli da bar sono più ruvidi e catturano di più lo sporco!"
"Ah Steve!"
Era divertitissima.
"Dovresti fare la pubblicità ti giuro, saresti perfetto!" rispose Kate mentre compilava il rapportino.
"A proposito di pulire Steve, avranno tolto quello scempio dietro casa

Patterson?”

“Penso di sì, quando abbiamo chiamato hanno detto che se ne sarebbero occupati questa mattina, ah, scusami Anderson me ne passeresti un altro…”

“Sì certo, tanto qui hai la scorta annuale.”

Kate riaprì il vano contenitore sotto il cruscotto e prese altri due tovaglioli e glieli porse.

Il cellulare di servizio di Steve squillò, era lo sceriffo Button.

“Sceriffo comandi!”

“Wolf potete andare, la funzione è tra poco al Silver Lake Cemetery, gli altri due giri di pattuglia li facciamo io e Gilbert.”

“Perfetto sceriffo!”

Chiuse la comunicazione.

“Andiamo Anderson, credi che tra i presenti possa esserci l’assassino di Marcos?”

“Ci avevo pensato, come ci ho pensato al suo funerale… ho scrutato tutti quel giorno, ma c’era talmente tanta gente, una marea di curiosoni per la maggiore.”

Mentre Kate si allacciava la cintura di sicurezza che aveva tolto quando si erano fermati, Steve ripiegò i fazzolettini usati per lucidare i suoi stivali e li mise dentro un sacchettino di plastica che aveva la funzione di pattumiera viaggiante.

La cittadina assolata fin dalle prime ore del mattino adesso sembrava spaccata in due da un cocente sole a destra e da il grigio scuro e minaccioso delle nubi temporalesche a sinistra.

“Porca vacca, Anderson guarda che nuvoloni stanno arrivando!”

“Hai ragione, si sta preparando un bel temporale estivo. Le previsioni sul giornale di stamattina non ci hanno azzeccato per niente, però un po’ di fresco non dispiacerebbe, non ne posso più di sentirmi un arrosto nel forno dentro la divisa.”

“A chi lo dici…!”

Il Silver Lake Cemetery era al di fuori del parco, nella zona sud del lago, non molto distante da casa Deichs, la nuova ‘residenza’ di Jude non sarebbe stata molto lontana da quella che aveva quando era in vita.

Il grande cancello era in ferro battuto scuro, al di sopra, ad arco inciso in lettere dorate, un verso della bibbia cercava di dare conforto a chi in vita leggeva recandosi in quel posto.

Il prato al suo interno era verdissimo e curato, tante piccole lapidi chiare erano disposte una vicino all'altra ordinatamente, una pace incredibile si percepiva entrando in quel luogo fatto di silenzio e di rispetto.

Nella distesa verde due gruppi distinti di persone, tutte vestite di scuro, si dirigevano verso i due feretri adagiati sul luogo di sepoltura.

Una persona molto anziana aveva lasciato questa terra portando via con sé la saggezza ed una vita vissuta a lungo, ma aveva anche lasciato qui una discendenza che la piangeva.

Un'altra non aveva avuto il tempo di conoscere pienamente il gusto ed i colori della vita, perché strappata da se stessa troppo presto alle scoperte ed alla possibilità di vivere ed invecchiare.

Non aveva avuto nemmeno la possibilità di poter lasciare un segno della sua immortalità attraverso il suo bambino volato via troppo presto per colpa della crudeltà umana...

Il funerale di Jude era quello con più gente curiosa e meno parenti addolorati.

I genitori ed alcuni familiari si trovavano in prima fila sistemati su delle seggioline bianche, sembrava la stessa identica scena di un mese e mezzo prima, solo, lo scenario si era spostato di due metri a sinistra, la tomba di Marcos era a destra di quella che sarebbe diventata della sua mamma, l'ex marito di Jude non era presente nemmeno questa volta.

Una grande girandola colorata roteava sulla lapide di Marcos, delle statuine di angeli ed il suo nome in lettere di legno portavano un po' di colore su quel marmo grigio adornato da un bassorilievo a forma di ali di angelo.

Il parroco stava iniziando con alcuni brani tratti dalla Bibbia dedicati a quei momenti di lutto, i genitori di Jude si tenevano per mano piangendo composti il loro dolore, forse non solo per la perdita della loro unica figlia, ma anche per il rimorso di averla lasciata sola nella prova più difficile.

Kate e Steve presidiavano discreti in ultima fila, poco più avanti la signora Mcduder molto provata ed in lacrime cercava di seguire le parole del parroco sulla sua Bibbia personale.

Sul feretro di lucido legno delle grandi e bellissime rose bianche e rosse davano l'ultimo saluto ad una mamma che aveva deciso di non voler più vivere senza il suo bambino.

"Dio ha chiamato a sé un angelo di nome Marcos e la sua mamma in cielo ed..."

"Non le posso sentire certe stronzate!" disse irritata ed a bassa voce Kate.

"Non ti arrabbiare Anderson..."

"Secondo te un Dio chiamerebbe a sé un bambino di cinque anni in quel modo?! Con la testa fracassata e carbonizzato per mano di chissà quale pazzo maniaco omicida?! Odio quando i preti dicono queste idiozie!!"
"Hai ragione…"
Steve non poteva che assecondare il suo pensiero.
"Se esiste un Dio non è lui che ha deciso che Marcos e Jude dovevano morire, non c'è niente di "Divino" nella merda che abbiamo visto…"
Nelle parole di Kate c'era tutta la rabbia di chi, come lei, aveva dovuto vedere con i propri occhi l'orrore della morte prematura, violenta, crudele e senza senso che solo l'essere umano sa infliggere alle sue creature più indifese.
Le prime gocce di pioggia iniziarono a cadere, molti dei presenti non erano provvisti di ombrello e man mano che la pioggia diventava più fitta molti decisero di andare via prima della fine della funzione.
"Hai visto, i curiosoni se ne vanno…" le sussurrò Steve all'orecchio attento a non farsi sentire dagli altri.
"Vanno via sì, alla fine non erano qui per Jude, per alcune persone farsi gli affari degli altri è solo un passatempo fatto per le giornate assolate."
La signora Mcduder si voltò e timidamente, con un cenno della mano salutò i due agenti dietro di lei, nello stesso istante il cellulare di Kate, che educatamente aveva impostato sul silenzioso, iniziò a vibrare.
Si spostò velocemente ancora più indietro in modo da poter rispondere senza disturbare i presenti.
"Pronto sceriffo Button?"
"Anderson, ci hanno chiamati dal centro veterinario…"
Il volto di Kate si dipinse di dubbio e stupore, chiuse la telefonata e tornò dall'agente Wolf che era rimasto al suo posto ad aspettarla.
"Steve dobbiamo andare."
"Era Button? Ha già finito i giri di pattuglia?"
"No… Qualcosa di molto peggiore…"

In ufficio Button li aspettava seduto alla sua scrivania, tra le mani le deposizioni di Jude ed il mandato di perquisizione per Patterson.
La scarpina rinvenuta sotto il cumulo di galline era chiusa in un sacchettino di plastica trasparente, la descrizione che aveva rilasciato Jude durante il suo primo interrogatorio successivo alla scomparsa coincideva, Marcos portava al momento della sparizione un paio di scarpine da ginnastica nere e bianche numero 30 con i lacci neri e due stelline bianche

ai lati esteriori.

Di solito lo sceriffo era la persona più posata e tranquilla del mondo, ma quel ritrovamento lo aveva fatto agitare parecchio, sarebbe andato lui stesso da Patterson e lo avrebbe massacrato se solo la legge glielo avesse permesso... ma doveva mantenere la calma e muoversi, purtroppo, secondo le procedure, ma la voglia di farla pagare a quel vecchio bastardo era immensa, aveva mentito, aveva mentito su tutto, anche se il suo alibi si scontrava con la realtà dei fatti appena accertati.

La scarpa di Marcos, persa dopo la sua scomparsa era stata ritrovata nella sua proprietà, dietro la sua casa, lontano dalla strada principale, avrebbe confessato, eccome se lo avrebbe fatto... se ne sarebbe occupato personalmente, avrebbe pagato per tutto il male che aveva fatto a Marcos ed a Jude.

"Per Dio, lo avevamo lì e non abbiamo scoperto nulla!" disse Steve rompendo il silenzio.

"Sai cosa stavo pensando... al fatto che se lo avessimo scoperto prima forse Jude non si sarebbe ammazzata, forse se avesse avuto giustizia per il suo bambino avrebbe trovato la forza di continuare a vivere, non lo so... ed io che ho provato persino pietà per quell'uomo..."

Kate non riusciva a capacitarsi, si sentiva confusa e responsabile.

"Avevi ragione tu Steve, quell'uomo probabilmente è un mostro."

"Tanto non avevamo prove Anderson, per quanto avessimo potuto sospettare, per quanto fosse palese che un uomo del genere fosse probabilmente un assassino, non avremmo potuto fare nulla fino ad oggi."

"Pensa, dobbiamo ringraziare la tua nausea Steve, se non ti fossi sentito male non saremmo andati in mezzo a quel cumulo di galline!"

"Te lo avevo detto che la Vesuvio era la migliore!" sorrise.

"Però aspetta, perché se la scarpina si trovava lì, sotto le galline stamattina, non l'abbiamo trovata durante le ricerche successive alla scomparsa? Abbiamo controllato tutte le aree esterne alle abitazioni del circondario compresa quella ricordi? Abbiamo i rapporti!" gli disse Kate.

"Possibile che abbia gettato lì la scarpa dopo? Perché?"

Kate non riusciva a trovare un nesso.

"Già! Non c'era quella scarpina quando abbiamo perlustrato, non ha senso che l'abbia messa lì dopo, però nonostante tutto questo, un reperto del genere nella sua proprietà ne fa di lui un sospettato Anderson."

"Già un sospettato, ma non ancora un colpevole... qui c'è ancora molto da scoprire Steve."

"Button conoscendolo non avrà di certo modi gentili con Patterson a questo punto, prima che tu arrivassi da Atlanta l'ho visto incazzato durante un interrogatorio e fidati fa paura."
"Lo scopriremo subito Steve."
Parcheggiarono e corsero veloci verso l'ingresso della centrale, sotto la pioggia che si era fatta più forte.
Lo sceriffo era ancora lì, nel suo ufficio, con un sigaro acceso ad aspettarli.
"Agenti…"
"Sceriffo…"
"Questo è il mandato di perquisizione dell'abitazione di Patterson tenete, io e Gilbert stiamo per andare a prelevarlo."
Porse il foglio a Steve.
"Andiamo subito?" gli chiese l'agente Wolf.
"Certo, lui non sa che stiamo arrivando, dobbiamo coglierlo impreparato, quel bastardo ci deve spiegare cosa ci faceva una scarpa di Marcos Deichs dietro casa sua!"
"Quella scarpa non c'era quando abbiamo perlustrato l'area esterna, e se anche l'avesse lasciata li, perché non è andato a toglierla visto che sapeva dell'arrivo degli operatori del centro veterinario? " disse Kate.
"Potrebbe essere un errore da parte nostra o messa lì da lui stesso in un secondo tempo e poi dimenticata, o qualsiasi altra cosa, sta di fatto che questa scarpa collega Patterson a Marcos e questo mi basta per sbatterlo qui a calci nel sedere! E per perquisire la sua casa!"
"Sceriffo so che non è il momento ma volevo chiederle il permesso per poter visionare nuovamente i reperti trovati con il cadavere di Marcos." gli chiese Kate.
Aveva timore della sua risposta vista la situazione abbastanza elettrica, ma voleva comunque provare.
"Per quale motivo Anderson?"
"Sto ristudiando tutte le carte, volevo essere sicura di non aver tralasciato nemmeno il minimo dettaglio."
"È meritevole Anderson, va bene, mi porti domani la richiesta scritta e le farò accedere ai reperti."
"Grazie sceriffo Button."
Partirono con due auto, una terza con altri due agenti della scientifica di Hampton li avrebbe raggiunti, sarebbe stata una serata lunga e difficile per tutti…
Il temporale era nel pieno della sua forza e le strade di Silver Lake

sembravano scivoli di un acqua park, le due vetture della polizia sfrecciavano veloci sull'asfalto sollevando dietro di esse grossi fiotti d'acqua, le sirene erano spente per non annunciare il loro arrivo, Patterson di solito a quell'ora del tardo pomeriggio era già sbronzo e disteso sul suo sucido e logoro divano, in quello che sarebbe dovuto essere il salotto di casa sua.

Kate guidava concentrata e pensierosa, avrebbe cercato in ogni centimetro quadrato di quella casa qualsiasi cosa riconducesse al piccolo Marcos, ma comunque la mattina seguente la richiesta scritta per visionare i reperti ci sarebbe stata ugualmente sul tavolo dello sceriffo, il suo istinto le diceva che doveva guardare ancora tra quei resti….
Parcheggiarono poco prima di casa Patterson lungo la strada principale, l'auto con i due agenti della scientifica di Hampton stava per arrivare sul posto, avrebbero collaborato con Kate e Steve nella perquisizione e negli eventuali rilevamenti.
Dopo una breve corsa sotto la pioggia battente, tutti e quattro si presentarono alla porta di quella casa abbandonata a se stessa.
"Agenti, lo so che stasera vi toccherà fare dello straordinario, ma poter ispezionare la casa di quest'uomo è un grande passo avanti nelle indagini."
"Nessun problema sceriffo, anzi…" rispose Steve scambiando uno sguardo di consenso con Kate.
Button bussò un paio di volte, nessuna risposta proveniva dall'interno nonostante la tv fosse accesa, il volume molto alto si sentiva chiaramente anche dall'esterno.
"Patterson apra la porta!! Sono lo sceriffo Button, si deve presentare in centrale immediatamente!"
Passarono alcuni secondi ma tutto taceva.
"Patterson se non apre mi toccherà buttare giù la porta le convie…"
"Arrivo maledizione!!" si sentì urlare dentro l'abitazione.
Tolti un paio di giri di serratura aprì la porta.
"Di nuovo voi?! Ma allora sta diventando un vizio!"
"Patterson si vesta, deve venire con noi in centrale per fornirci dei chiarimenti, ed abbiamo un mandato di perquisizione della sua casa" gli disse lo sceriffo porgendogli il foglio.
"Cosa?? E perché mai dovete mettere le mani in casa mia! Non potete! Che diavolo sta succedendo?!!"
"Avrà tutti i chiarimenti in centrale, adesso si muova!"

“Io non vengo proprio da nessuna parte!!”
Gli animi cominciarono a scaldarsi, Patterson agitatissimo e sotto l’effetto dell’alcool iniziò ad alzare la voce ed a imprecare e bestemmiare, dovettero intervenire Wolf e Gilbert per tenerlo fermo.
Più Kate lo guardava più vedeva in quell’uomo una povera, vecchia e spaventata bestia che stava per essere portata al macello ed intervenne:
“Ascolti, per favore stia calmo! Più lei si agita e si rifiuta di collaborare più dà l’aria di voler nascondere qualcosa, se lei come ha sempre sostenuto non c’entra nulla con il caso Deichs questo è il momento per appurarlo definitivamente, mi dia retta, non opponga resistenza, cercheremo di aver rispetto per casa sua e per le sue cose, le do la mia parola.”
A quelle parole Patterson si calmò.
“Lo so, lo vedo nei film come buttate all’aria le case durante le perquisizioni!”
“Quelli sono dei film signor Patterson, non sarà così.”
“Mi dà la sua parola agente Anderson? Non voglio tornare e trovare la casa devastata!”
“Ah… più devastata di così…” pensò tra se Steve.
“Mi occuperò personalmente di accertarmi che la perquisizione avvenga nel rispetto della sua casa e della sua persona signor Patterson.” rispose Kate.
Steve che lo teneva fermo per un braccio non poté che ringraziare per l’intervento della collega, gli aveva appena risparmiato un eventuale prelevamento con la forza e lui odiava dover arrivare a quello.
“Fatemi mettere le scarpe e prendere il portafogli almeno.”
“Certo” rispose lo sceriffo.
Entrarono tutti e quattro con lui all’interno dell’abitazione.
L’odore fortissimo di muffa avrebbe portato alla nausea chiunque, mobili ormai ridotti a dei colabrodi dalle tarme erano ovunque.
Il pavimento di legno, sporco e gonfio, scricchiolava ad ogni passo, pile di piatti e bicchieri sporchi da giorni e giorni erano ammassati dentro e fuori dal lavandino diventato oramai una pattumiera.
“Fatto, sono pronto” disse convinto di essere presentabile.
“Bene andiamo! Anderson e Wolf, i colleghi saranno qui tra poco, ci vediamo quando avete finito in centrale, qualsiasi ora si sia fatta vi aspetto lì.”
“Ok sceriffo” gli rispose Steve prendendo dalle mani di Button la copia del mandato.

Il temporale stava attenuandosi, da sotto il porticato Kate e Steve vedevano i tre uomini allontanarsi sotto la leggera pioggia.
“Sei pronta Anderson…”
“No… ma lo devo essere lo stesso Steve.”
Per quanto disgusto provasse per quella casa ed il suo proprietario, Kate aveva dato la sua parola, non si sarebbe mossa da lì dentro finché l’intera perquisizione e i rilevamenti non fossero terminati.
“Che dici Anderson, entriamo ed iniziamo a dare un’occhiata intanto che aspettiamo la scientifica?”
“Ok, ma non tocchiamo nulla, guardiamo solo in giro.”
“Magari troviamo la Paroxetina!” gli disse Steve mentre varcava la soglia di casa Patterson per la prima volta.
“Se la troviamo ci ha mentito, allora nasconde davvero qualcosa, chi ha la coscienza pulita non mente su nulla, nemmeno su di un farmaco regolarmente prescritto” rispose Kate chiudendosi la porta alle spalle.
“Mio Dio è tutto marcio qui dentro…”
Era disgustata, oltre alla fatiscenza della struttura, della mobilia e lo sporco, una miriade di moscerini stavano attaccati al soffitto della cucina.
Ovunque posasse lo sguardo c’era da rabbrividire.
“Steve vieni a vedere!”
Il ragazzo che stava cercando di guardare attraverso il vetro unto di una vetrinetta nel salotto di fianco raggiunse Kate.
“Che schifo… guarda accanto al lavandino…”
Una grossa ciotola di ceramica, sporca di sangue, conteneva le interiora putrefatte e brulicanti di mosche di qualcosa di cui Patterson si era sicuramente cibato giorni prima.
“Ma come cavolo si fa a vivere così! È da radere al suolo questa topaia!”
“Proprio non lo so Steve, quest’uomo ha davvero dei grossi problemi, però non per questo deve essere per forza l’assassino di Marcos… non possiamo discriminarlo.”
“La scarpa era nella sua proprietà però” rispose Steve accennando una smorfia.
“Sei troppo buona con lui, ti pentirai di aver avuto pietà per quell’uomo Anderson.”
Dopo il primo veloce sguardo al piano terra salirono le pericolanti scale che portavano al piano di sopra, il legno era così umido e marcio che si fletteva sotto i loro piedi emettendo degli scricchiolii preoccupanti.
Arrivati in cima, la loro attenzione venne catturata da un grande quadro

appeso alla parete di fronte le scale, tra le due porte appartenenti alle camere.

Di tutto il brutto ed il marcio di quel posto dimenticato da Dio, quel quadro sembrava provenire da un altro mondo, era bellissimo…

In olio su tela vi era raffigurata una grande fontana con un angelo durante un suggestivo tramonto, ai piedi dell'angelo una donna bellissima dai lunghi capelli scuri teneva con una mano il grazioso e grande cappello di paglia che aveva sul capo.

"È bellissimo… sembra che il vento sia dentro la tela, guarda gli spruzzi d'acqua ed i capelli della donna…"

Kate era incantata.

"È davvero bello Anderson…"

Sotto, in basso a destra, la firma scritta con un pennello fine riportava il nome di Carl Patterson.

"Lo ha fatto Patterson?!"

Steve non credeva ai suoi occhi.

Kate assorta nel dipinto si voltò verso Steve.

"Era un artista… era capace di fare una cosa così bella e delicata…"

Al piano di sotto i due agenti della scientifica di Hampton stavano suonando alla porta, Anderson e Wolf abbandonarono la visione di quel dipinto tanto bello quanto impensabile tra le mani di un uomo come Carl Patterson e scesero ad aprire.

Da quel momento al loro rientro in centrale passarono più di 5 ore.

Patterson stava passando la notte nella cella della centrale, l'interrogatorio non aveva dato alcun risultato, l'uomo per ore si era dichiarato all'oscuro del fatto che la scarpa di Marcos Deichs fosse stata rinvenuta nel suo terreno, tra le erbacce incolte, sotto le galline ammassate.

La perquisizione ed i rilevamenti erano negativi, non era stato trovato nulla che riconducesse l'uomo con il caso e nulla sulla Paroxetina. Il medico curante era stato contattato telefonicamente, Patterson non era mai stato in cura con quel farmaco. Solo la dimostrazione del grande degrado e disagio sociale di un uomo che, trent'anni prima aveva perso la sua giovane moglie malata di cancro. A cui aveva regalato un meraviglioso ritratto e a cui aveva donato e perso la propria anima di marito innamorato e felice, trasformato dal dolore nell'essere ripugnante che tutti conoscevano a Silver Lake.

"Non ci si riduce così senza un motivo…" disse Kate rivolgendosi a

Button.

"Già agente, abbiamo scoperto molto sul passato di Patterson oggi, ma non abbiamo scoperto nulla di nuovo a parte documenti, foto e ricordi del suo matrimonio e della sua disgrazia, dovrò rilasciarlo domani, se il reperto fosse stato trovato all'interno dell'abitazione allora avrei potuto trattenerlo."

Kate e Steve, esausti, erano arrivati al termine della loro intensa giornata di lavoro.

"Sceriffo, domani ho il turno di riposo ma in mattinata le porto la richiesta se non le dispiace"

"Va benissimo Anderson, al massimo fra tre giorni o addirittura dopodomani avrà accesso ai reperti"

I due agenti e Button si congedarono e si avviarono verso le rispettive auto, in centrale Gilbert rimaneva di turno con Wolf in reperibilità.

Il temporale era cessato ormai da qualche ora, al posto delle scure e minacciose nubi, migliaia di splendenti stelle illuminavano il cielo della cittadina dormiente, la luna si specchiava maestosa nel lago d'argento, un lago che sapeva di tranquille e felici gite in barca, di padri e figli a pesca, di giovani esuberanti di fronte ad un fuoco, di spensierate vacanze estive e di vite vissute e nascoste all'ombra di segreti e storie inconfessabili…

In centrale, nella celletta, Carl Patterson sognava e piangeva… sognava di quel vento fatto di ricordi che aveva impresso tanto tempo prima sulla tela, solo nella sua disperazione, solo nel suo mondo fatto di alcool e solitudine che era diventato parte di lui, lontano da quella vita semplice e perfetta che aveva appena intravisto in gioventù.

La giornata libera di Kate iniziò molto presto, non a causa del signor Ross, che per qualche giorno avrebbe dato tregua ai vicini nell'attesa che l'erba iniziasse a crescere, ma per la sua corsa mattutina di jogging.

Ad Atlanta aveva sempre frequentato la palestra del quartiere per mantenersi in forma, ma arrivata a Silver Lake aveva deciso di fare esercizio il più possibile all'aria aperta, approfittando del parco della cittadina che offriva un luogo tranquillo ed immerso nella natura per correre.

Prima tappa, dopo essersi vestita con leggins neri, canotta bianca e un paio di scarpe da ginnastica comode, il Rosy Diner per una fetta di torta energetica e golosa.

Preso il suo lettore mp3 e le chiavi di casa uscì a passo di marcia verso il locale.

La temperatura era gradevolissima, il temporale del giorno prima aveva portato un po' di refrigerio, sarebbe stata, climaticamente parlando, una delle migliori giornate di tutta l'estate.

Il campanello della porta a vetro del locale aveva appena tintinnato, un profumo di brioches da poco sfornate si stava diffondendo nell'aria tra i tavoli ed i clienti intenti a consumare le loro colazioni.

"Buongiorno signorina Anderson!"

"Buongiorno signor Taylor!"

"Andiamo a correre questa mattina?"

"Sì, nel mio giorno di riposo faccio sempre un po' di corsa al mattino."

"Fa bene lei che è giovane, noi vecchi invece preferiamo starcene seduti e nel mio caso lavorare."

Fece uno scontrino e diede il resto a due ragazzini che avevano appena consumato due frittelle dolci con zucchero a velo e gocce di cioccolato.

"Vado a prendere una fetta di torta prima che me la finiscano!"

"Prego signorina, per noi averla qui è sempre un piacere."

"Grazie signor Taylor."

Si diresse verso il bancone centrale, prese la penultima fetta di torta al cioccolato rimasta, un succo d'arancia e si sedette ad un tavolo vicino la vetrata che dava sulla strada principale.

Il proprietario del locale, il signor Taylor, era un uomo sempre molto cordiale e simpatico, aveva rilevato il Rosy Diner moltissimi anni prima, quando, ancora ragazzo, era ritornato dalla guerra del Vietnam con una bella medaglia ed un braccio di meno.

Una volta aperto il locale ed avviato l'attività si era sposato con Lisa, la cameriera che aveva assunto per prima e che ancora oggi cucinava la squisita torta per cui andava matta Kate.

Il signor Taylor si alzò dalla sua postazione alla cassa, prese l'ultima fetta di torta e si diresse verso il tavolo in cui si era appena seduta.

"Posso sedermi qui con lei agente?"

"Ma certamente!"

Fare colazione con lui sarebbe stato sicuramente molto più piacevole delle sue solite colazioni solitarie.

"Devo prendere la mia medicina e devo mangiarci qualcosa insieme, altrimenti poi il mio stomaco ne risente!"

Kate guardava quell'uomo mutilato ma così abile nel fare qualsiasi cosa con molta ammirazione, si chiedeva cosa significasse un'intera vita senza una parte di sé, del proprio corpo, guardarsi ogni giorno e ripensare ai momenti vissuti laggiù… in quell'inferno chiamato Vietnam, in quell'inferno dove morirono quasi due milioni di persone.

Le cicatrici dei sopravvissuti, che erano state curate fisicamente continuavano a sanguinare senza mai rimarginarsi del tutto nel cuore e nella mente di chi in vita, si portava dentro tutto l'orrore visto e vissuto in quella maledetta guerra.

"Le piace davvero molto la nostra torta eh!"

Kate diede un bel morso alla sua fetta profumata e golosa.

"Oh è deliziosa!"

"Mia moglie è deliziosa, la sua torta sprigiona con il suo sapore tutto il suo essere."

"È stato molto fortunato allora…"

"Le dico una cosa, ogni giorno quando mi sveglio ringrazio il Signore di avermi tolto un braccio e fatto conoscere lei, la mia vita non sarebbe stata più completa, è la nostra anima che deve essere in equilibrio, non per forza il nostro corpo. Basta imparare a guardare le cose in un altro modo per essere felici."

Quell'uomo aveva la saggezza di chi la vita l'aveva veramente vissuta e rischiato di perderla, imparando ad apprezzarla in tutte le sue sfumature.

"Lei e sua moglie siete due belle persone signor Taylor."

"Grazie, mia moglie sicuro, io non lo so…"

Morse anche lui la sua fetta.

"Quasi ogni notte, ancora adesso dopo più di quarant'anni, sento le bombe, le raffiche dei mitra. Sento il vento caldo delle esplosioni, vedo gli alberi di palma alti nel cielo sopra di me bruciare… Vedo i corpi smembrati dei soldati nemici, dei miei compagni, imbrattare di rosso l'erba dei campi. Vedo ancora il terrore negli occhi di quella povera gente, dei nostri soldati, eravamo tutti esseri umani mandati a morire." Sospirò.

"Mi chiedo cosa siamo diventati, cosa siamo capaci di fare ai nostri simili."

Smise di parlare, prese il bicchiere d'acqua che aveva vicino al piattino dove era rimasto l'ultimo pezzetto di torta e bevve tutto in un sorso.

"Io non ero un fanatico, ho visto fare cose indicibili a quella gente dai nostri, io dovevo e volevo solo difendermi, ed il peso di ogni vita che ho dovuto spezzare me lo porto e me lo porterò dentro con me per sempre.

Come le dicevo sono stato fortunato a non perdere me stesso oltre al mio

braccio laggiù, ho visto tornare soldati trasformati in involucri vuoti con gli occhi sbarrati ed il cervello in pappa…"
Taylor assunse un'espressione tristissima, strinse forte il tovagliolo che aveva appena usato per asciugarsi le labbra.
"Una mattina molto presto, durante un bombardamento in un villaggio, ho cercato di portare una bambina, una piccola vietcong in salvo, era stata colpita da una granata, non aveva più le gambe ed era semi incosciente. L'ho presa tra le braccia ed ho corso più che potevo arrivando in una zona appartata, l'ho posata a terra, eravamo entrambi completamente ricoperti dal suo sangue, ho cercato di rianimarla ma è morta tra le mie braccia… Non potrò mai dimenticare il suo piccolo ed innocente viso."
"È orribile signor Taylor, è orribile dover portarsi dentro tutto questo."
"Quando muore un bambino, ogni volta che muore un bambino è la distruzione del nostro futuro, ogni volta che un bambino muore perdiamo sempre di più la nostra umanità, e se perdiamo quella… allora non ci resta più niente."
Kate comprendeva perfettamente quelle parole.
"Bene agente, mi deve scusare se le ho fatto una testa così con i miei tristi racconti."
"No no! Apprezzo moltissimo che mi abbia reso partecipe di alcuni suoi personali ed importanti ricordi."
"Lei signorina Anderson è davvero un buon poliziotto e sa perché? Ha empatia, non fa il suo mestiere per rivendicare una sete di potere come fanno molti suoi colleghi, ma per aiutare davvero le persone in difficoltà."
Quelle parole la riempirono di orgoglio.
"Grazie, le sue parole mi riempiono il cuore signor Taylor."
"Grazie a lei per aver fatto compagnia ad un vecchio chiacchierone, torno al mio lavoro in cassa, così mia moglie può andare a preparare un'altra torta visto che è finita."
Si alzò e tornò alla sua postazione.
 La colazione era stata ottima come sempre e la compagnia ancora meglio, in un quarto d'ora aveva raggiunto il Silver Lake Park, e come previsto, l'afflusso dei turisti e degli sportivi del mattino era già iniziato.
Correre tra il fresco della natura ed il riflesso lucente del lago le trasmetteva un senso di pace incredibile, era la prima, e forse per il momento, l'unica cosa che davvero amava di quel posto così diverso da Atlanta.
Sì, forse a Silver Lake ci si doveva svegliare all'alba per poter prendere il

primo dei pochissimi bus che portavano fuori dalla città, o fare file interminabili in una delle poche banche a disposizione, ma tutto sommato valeva la pena respirare quell'aria tranquilla di cittadina 'morbida' e Kate, lentamente, poco per volta stava iniziando ad affezionarsi a quel luogo e alla sua gente.

L'ora e mezza di corsa ininterrotta l'aveva sfinita; un po' per la stanchezza, un po' per il decesso della batteria del suo lettore mp3 ed anche perché prima delle 12,00 sarebbe dovuta passare in centrale, decise di tornare a casa.

Mantenne un passo veloce per tutto il tragitto e questo le diede modo di arrivare nella giusta tempistica per vedere i vicini della casa di fronte litigare animatamente nel loro vialetto, la colpa era del nuovo acquisto fatto dal marito della coppia, il signor Pitt.

"Io quel coso in casa non ce lo voglio!!"

"Ma amore l'altro era ormai vecchio, con il tubo catodico, questa è una tv di nuova generazione, potrai vedere i tuoi film rosa in HD su schermo a led di 52 pollici!"

"No tu potrai vedere le tue dannate partite in HD a 52 pollici! Mentre rutti ed imprechi come una bestia sul divano! Non lo voglio quel maledetto televisore in casa mia!"

Il povero corriere, visibilmente imbarazzato, aspettava con la tv inscatolata sul marciapiede, consapevole del fatto che quella sarebbe stata una consegna alquanto 'difficile' e lunga da concludere.

Non poté che sorridere alla scena che le si proponeva davanti, entrata in casa posò le chiavi e il lettore mp3, in sala la luce della segreteria lampeggiava, aveva due messaggi.

Il primo era di sua madre che le ricordava di chiamare zia Tracey per farle gli auguri di compleanno, e il secondo era di Steve che le diceva che il signor Patterson sarebbe stato rilasciato nella mattinata.

Nel profondo non le dispiaceva che Carl Patterson per il momento non fosse stato accusato, aveva capito quanto quell'uomo avesse comunque sofferto nella sua vita ed aveva visto il grosso cambiamento che aveva subito negli anni che aveva trascorso dalla morte della moglie.

In una foto dell'album delle nozze trovato durante la perquisizione, aveva visto Patterson giovane e, incredibile a dirsi, anche bello; la trasformazione era stata totale e catastrofica nel tempo.

Però voleva anche trovare al più presto possibile l'assassino di Marcos, aveva sempre il terrore che potesse ridurre in quel modo qualche altro bambino, o che rimanesse impunito e libero di vivere la sua vita dopo averne spezzate due…

4

"Avanti, può andare a casa."
Patterson dalla branda della cella non si era mosso tutta la notte, aveva sognato di se e di sua moglie Lana.
Incredulo si tirò su facendo cigolare il vecchio letto arrugginito, si era quasi rassegnato a dover rimanere lì per sempre, tanto era sempre stato così semplice per tutti incolparlo per qualsiasi cosa storta succedesse, diceva sempre: "Se hai una bottiglia in mano stai certo che è colpa tua!"
Si avvicinò alle sbarre.
"Beh, non avete trovato nulla per incolparmi?!"
"Patterson le conviene andare senza fare polemica, lei è sempre comunque sospettato, quindi si ricordi che non può lasciare la città..." rispose lo sceriffo Button mentre apriva la cella.
"Tenga i suoi effetti personali."
Gli consegnò una busta di plastica trasparente con all'interno il portafoglio e il mazzo di chiavi di casa.
"L'agente Wolf l'accompagnerà a casa, deve fare qualche altra foto dove è stata rinvenuta la scarpa."
"Avrei preferito di lunga l'agente Anderson, almeno avrei avuto buona compagnia."
"Per sua sfortuna oggi l'agente Anderson non è in servizio, quindi... si accontenti...!"
"Le conviene sperare che i suoi agenti non mi abbiano distrutto casa!"
"Signor Patterson lei non è nella posizione di minacciare nessuno qui dentro!"
"Vedrò se la sua bella agente è stata di parola o meno... sceriffo..."
Prese il portafoglio, le chiavi e mise tutto nel tascone posteriore dei vecchi e logori jeans.

“Tenga, deve mettere delle firme su questi due fogli” gli disse Steve porgendoglieli.
Firmata la scarcerazione, Patterson e l’agente Wolf si diressero con l’auto di servizio verso l’abitazione dell’uomo.
“Voi puntate il dito sui poveracci come me! Ma vedrete che di sicuro si scoprirà che è stato qualche insospettabile tutto casa e chiesa, giacca e cravatta!”
“Patterson non puntiamo il dito proprio su nessuno, noi ci atteniamo ai fatti, ed i fatti sono che la scarpa di Marcos Deichs era nella sua proprietà.”
“Oh certo! Ma dico una cosa che magari può risultare assurda per il diavolo, ma, non potrebbe essere possibile che qualcun’altro ce l’ha messa apposta quella maledetta scarpa nella mia proprietà!!”
“Senta non siamo qui per fare un processo, quindi stia calmo e si goda il suo rientro a casa ha capito?!”
“Avrei proprio preferito la sua bella biondina sexy, proprio una bella coniglietta questa Anderson!”
Steve a quelle parole frenò di colpo facendo fumare i pneumatici sull’asfalto rovente…
“Adesso chiuda quella dannata bocca Patterson! E se osa ancora una volta rivolgersi a me in quel modo quando parla dell’agente Anderson la faccio arrestare per oltraggio a pubblico ufficiale… è chiaro…!!?!”
Era un fascio di nervi, la mascella contratta smascherava chiaramente la rabbia che provava nel sentire nominare irrispettosamente Kate.
La reazione di Steve lo convinse e Patterson decise di chiudersi finalmente la bocca, passarono i restanti cinque minuti in totale silenzio.
Arrivati di fronte l’abitazione, Steve fece scendere l’uomo e si diresse nel luogo del ritrovamento della scarpa per fare le foto che sarebbero servite allo sceriffo.
“Si spera di non rivedersi agente Wolf!” gli urlò mentre apriva la porta di casa, ma Steve aveva già girato l’angolo, diretto dietro l’abitazione.
Tutto era rimasto pressoché uguale, l’agente Anderson aveva mantenuto la parola data, nessuno aveva messo a soqquadro la casa come aveva temuto.
Precipitosamente corse su per le scale diretto al suo dipinto… con un sospiro di sollievo si rincuorò nel vederlo intatto ed al suo posto.
“Perfetto” si disse.
Tornò sulla scala, verso la metà si fermò, e chinandosi afferrò con le mani una tavola nell’angolo dello scalino, con forza provò a sollevarla ma non si mosse.

Scese i rimanenti scalini e si diresse nella fatiscente cucina, aperto il cassetto sotto il lavandino ricolmo di piatti sporchi e maleodoranti prese un coltello.

Tornato sulle scale infilò la lama del coltello tra la tavola orizzontale e quella verticale che formava lo scalino che aveva cercato di sollevare e fece leva con forza, i chiodi cedettero e la tavola si sollevò.

Un'espressione di soddisfazione si formò tra le rughe del suo consumato viso, nessuno aveva scoperto il suo piccolo nascondiglio per fortuna.

"Perfetto… non lo hanno trovato…"

Steve, fatte le foto, decise di fare un altro giro intorno l'abitazione.

La tv di Patterson era tornata sintonizzata come al suo solito, sulla rete televisiva dedicata alle televendite mattutine di attrezzi ginnici e robot da cucina, l'altissimo volume era udibile fin dal retro dove si trovava l'agente in perlustrazione.

"Per quale fottuto motivo deve tenere il volume così alto! Non è sordo! Se alla sua età mi riduco così mi sparo un colpo da solo lo giuro!"

Il retro non solo era un'enorme distesa di erbacce e spazzatura, ma anche un ritrovo per gli animali randagi dove potevano trovare riparo e cibo tra i rifiuti.

Gli escrementi erano dappertutto e Steve stava facendo una sorta di salto ad ostacoli tra quel macello.

"No!!! Per Dio gli stivali!!"

Si accorse di aver preso in pieno un bell'escremento di un animale non definito ma sicuramente di grandi dimensioni.

"Che schifo!! Porca la tua miseria Patterson!! Ma ci cagano gli elefanti qui fuori?! O ci vieni a cagare tu!!!" urlò inferocito.

Infuriato si diresse alla macchina, per fortuna aveva ancora parecchi fazzoletti di carta di Joe, non poteva rientrare in centrale con gli stivali di servizio in quelle condizioni, lo sceriffo non avrebbe gradito, si sedete in auto e meticolosamente iniziò il lavoro di pulitura…

La sua Ford Torino non l'aveva mai abbandonata, certo c'erano alcuni lavoretti da fare ma non era mai accaduto che l'avesse lasciata per strada, ed il rumore ed il fumo nero che stavano fuoriuscendo dalla marmitta non la preoccupavano quanto forse avrebbero dovuto.

Mentre era alla guida verso la centrale, si ripromise di controllare personalmente appena rientrata a casa e di chiamare il meccanico che si occupava della manutenzione delle vetture di servizio, era l'unico che conosceva in città capace nel suo lavoro.

Guardò l'orologio, era ancora abbastanza presto, decise di svoltare, avrebbe avuto tutto il tempo per fare un salto veloce al cimitero, sentiva il bisogno di fare visita alla tomba di Jude e Marcos.

Il giorno prima erano andati via quasi tutti prima della fine della funzione a causa del temporale e lei e Steve erano corsi dallo sceriffo dopo la sua chiamata, non era riuscita a salutarla e voleva poterlo fare con calma.

Arrivata parcheggiò fuori del grande cancello e prese dal chiosco di fronte due mazzetti di grandi margherite bianche.

Sul prato verdissimo, al posto del feretro, adesso c'era una montagnola di terra smossa con sopra una piccola lastra di marmo bianco e tanti mazzi di fiori ai lati.

Di fianco su di un piccolo piedistallo di legno, una foto di Jude sorridente con Marcos ancora molto piccolo tra le braccia rendeva tutto ancora più triste ed inaccettabile.

Kate si avvicinò facendo attenzione a non spostare nulla ed a non far cadere la foto, si chinò sopra la piccola lastra di marmo.

Jude Steavenson
3 dicembre 1989
28 luglio 2014

Posò delicatamente il primo dei due mazzi ai piedi della montagnola di terra ed il secondo alla base della lapide di Marcos e rimase un momento in raccoglimento, il vento scuoteva i petali dei fiori ancora freschi del giorno precedente e faceva roteare la girandola colorata sulla tomba del bambino.

I cimiteri non l'avevano mai turbata, al contrario, in quel posto si sentiva serena, quell'aria di nostalgica e surreale tranquillità l'aveva sempre affascinata, per quanto odiasse la morte, sapeva che era comunque un percorso dell'esistenza di ogni essere vivente e quei luoghi conservavano le memorie di tante vite, ogni lapide, ogni nome, significavano una storia che andava rispettata e protetta.

Le vennero in mente le parole del signor Taylor.

'Mi chiedo cosa siamo diventati… cosa siamo capaci di fare ai nostri simili…'

Marcos e Jude non avevano fatto nulla di male a nessuno, nessuna guerra li aveva uccisi, nessun risentimento e nessuna vendetta li aveva strappati alla vita, era uno squilibrato… era un pazzo che doveva cercare, qualcuno talmente malato da riuscire ad uccidere un bambino ed a fare scempio del suo corpo, qualcuno che l'orrore lo aveva dentro, non le importava quale fosse il motivo di tanta pazzia, nulla avrebbe potuto giustificare quel gesto tanto orribile.

Appoggiò la mano destra sulla terra fresca.

"Non mi fermerò Jude, te lo prometto…"

Un vento forte si alzò e scosse i mazzi di fiori facendo volare via centinaia di petali colorati nell'aria, la girandola roteava impazzita sulla tomba di Marcos emettendo un piccolo sibilo continuo che rompeva il silenzio di quel luogo sacro.

Decise di andare, guardò ancora una volta le piccole ali d'angelo scolpite sul marmo tra il nome ed il cognome del piccolo, aveva fatto una promessa a se stessa… sarebbe tornata solo dopo aver scoperto la verità.

Salita sulla sua auto ed inserita la marcia, vide arrivare una donna anziana, si dirigeva all'ingresso del cimitero, era la signora Mcduder, sicuramente anche lei stava andando a far visita a Jude.

Le sarebbe piaciuto scendere e fare due chiacchiere con quella dolcissima donna, ma aveva poco tempo, ci sarebbe stata sicuramente un'altra occasione.

In centrale Steve era soddisfatto del lavoro di lucidatura effettuato ai suoi stivali, era riuscito a porre rimedio al pasticcio avvenuto da Patterson prima di rientrare e, bello come il sole, se ne stava seduto alla sua scrivania a svolgere il lavoro di ufficio che tanto odiava e gli competeva nelle sue due ultime ore di servizio della giornata.

"Buongiorno! Come siamo presi dal lavoro…!"

Alzò lo sguardo dal foglio a Kate che lo stava fissando appoggiata all'angolo della porta.

"Anderson! Sei passata a portare la richiesta a Button?"

"Sì, è nel suo ufficio?"

"Sì, è di là! Ma lo sai, stamattina ho riportato Patterson a casa e nel retro ho pestato una cacca enorme! Sono stato mezz'ora fermo a pulire gli stivali!"

"Ah ah… E cosa ci facevi dietro casa sua?"

"Dovevo fare due foto e ho voluto fare un giretto di ispezione e mi sono beccato la sorpresa."

“Sei stato punito per la tua curiosità ah! Io invece devo chiamare James per la macchina, devo avere un problema alla marmitta, mi sa che mi sta abbandonando.”
“Se vuoi ti ci do un’occhiata io oggi pomeriggio quando smonto.”
“Se non ti scoccia ok, tanto prima di chiamarlo volevo appunto controllare.”
“Allora per le 15,00 sono da te, fammela trovare fuori dal garage.”
“Agli ordini Wolf!”
“Mi piaci Anderson quando sorridi!”
Kate si sentì avvampare la guance, i complimenti di Steve la imbarazzavano sempre.
“Beh perché, mica non sorrido mai.”
“Non così, sei più di spirito ultimamente!”
Forse essersi aperta con Steve le aveva fatto bene, stava uscendo lentamente dalla sua ‘protettiva solitudine’.
“Vado da Button, ci vediamo dopo allora, buon lavoro!”
“A dopo Anderson!”
Le sorrise e le fece quell’occhiolino che tanto le piaceva.
“Ah Anderson…”
“Sì?”
Kate si voltò facendo roteare la lunga coda dorata.
“Stai proprio bene in tenuta sportiva.”
Le sue guance decisero di prendere definitivamente fuoco…
“Oh… be…grazie…”
Si girò veloce per nascondere l’imbarazzo e sgattaiolò verso l’ufficio di Button.
Non era mai stata una ragazza timida, anzi, al contrario aveva sempre avuto un bel modo estroverso di interagire con gli uomini, sempre e comunque in maniera composta e seria, ma Steve aveva il potere di metterla in difficoltà, con lui si sentiva a volte come una ragazzina impacciata del liceo, soprattutto quando se ne usciva con i suoi apprezzamenti, sempre rispettosi ma molto diretti.
Riprese un colorito più naturale e bussò alla porta dell’ufficio dello sceriffo.
“Avanti.”
“Buongiorno sceriffo.”
“Buongiorno agente Anderson.”
“Le ho portato la richiesta come le avevo detto.”

"Benissimo."
Prese il foglio compilato di Kate e lo firmò.
"Ora lo mando a timbrare e firmare e appena ci danno il permesso le faccio sapere Anderson."
"La ringrazio sceriffo."
"Grazie a lei che sta mettendo l'anima in questo caso, spero davvero possa riuscire a trovare qualcosa che ci aiuti con le indagini."
"Lo spero anche io sceriffo."
"A domani agente."
"A domani."
Kate chiuse la porta, passando vide Steve con la testa tra le mani fissare la montagna di fogli sulla sua scrivania, era buffo vederlo disperato su di una scrivania ed impavido sulla strada.

Sul tavolo, adornato con vasetti di vetro colorati contenenti fiori freschi e cestini in vimini decorati, la signora Mcduder aveva appena appoggiato il sacchettino con il lievito per dolci che aveva comperato nella piccola drogheria vicino al parco.
Avrebbe dedicato parte del pomeriggio alla creazione di una nuova torta, era un'appassionata di pasticceria, Marcos e Jude avevano avuto in vita il privilegio di poter mangiare tutte le settimane la loro generosa porzione.
Dalla credenza prese un bel vasetto di confettura artigianale di fragole, aveva intenzione di provare a guarnirla, una volta sfornata, con confettura alla fragola, panna fresca montata a neve e crema chantilly.
Dopo circa quaranta minuti, l'intera casa profumava di dolce e fiori, una delizia per l'olfatto anche più raffinato, quel posto così profumato, colorato ed accogliente ricordava la casetta di marzapane di Hansel e Gretel... Così differente dalla tana dell'orco di Patterson...
Jude aveva vissuto in mezzo a due vicini con due mondi completamente diversi, da una parte il vecchio pazzo ubriacone dal passato misterioso che viveva in solitudine in una casa fatiscente ed inquietante, dall'altra una dolcissima donnina, sola e molto triste che viveva in un piccolo pezzo di paradiso fatto di colori delicati e profumi.
Due persone completamente diverse, due vite completamente diverse, ma entrambi accumunati da una tristezza profonda alimentata dal tempo.
Sfornata e guarnita, la torta era degna del primo premio al festival nazionale di pasticceria che si teneva ogni anno ad Hampton.
Ne tagliò subito una piccolissima fetta che assaggiò, i suoi occhioni blu

soddisfatti ne confermarono l'ottima riuscita.

La restante la divise in otto parti, dopo di che prese tre fette e le adagiò su di un piatto di plastica che rivestì con dell'alluminio e porse il tutto a lato del piano di lavoro della cucina.

"Bene, queste sono per la merenda." si disse.

La radio accesa trasmetteva le canzoni anni 50'/60' che tanto amava canticchiare durante la cura del suo giardino.

Quando era giovane aveva cantato nel coro della parrocchia e vinto alcune gare nella sua città d'origine nel Maine, era una cosa per la quale il suo defunto marito aveva sempre provato grande ammirazione.

Si diresse in sala e si sedette sulla sedia a dondolo in vimini che stava di fianco alla grande finestra, da lì si poteva ammirare la bellezza del suo splendido giardino, e tra le romantiche note di Can't Help Falling In Love di Elvis Presley, il profumo di dolce e dei fiori, si addormentò dolcemente…

Fuori dal suo garage, Kate stava sistemando il crick in modo da poter sollevare lateralmente l'auto, così sia lei che Steve sarebbero riusciti a vedere la marmitta.

Nel frattempo la pace nel vicinato era ritornata, del signor Pitt e del suo televisore non se si sapeva più nulla, rimaneva il grande dilemma se la moglie avesse o meno acconsentito all'imponente full HD da 52 pollici di diventare parte integrante della loro vita di coppia.

L'auto piano piano iniziò a sollevarsi, Kate per quanto non si intendesse molto di motori era degna di un vero e proprio addetto al Pit Stop.

Parecchi anni addietro aveva fatto pratica con il suo ex fidanzato per le strade di campagna durante un'estate sfortunata per le loro gomme, avevano forato ben sei volte in due mesi e lei aveva imparato egregiamente l'arte del cambio gomma veloce.

La Ford Torino era perfettamente inclinata e la marmitta visibile, Kate si distese a terra sopra un telo mare che aveva precedentemente preparato, non c'era assolutamente bisogno di essere un meccanico esperto per capire che quegli enormi fori non lasciavano intendere nulla di buono….

"È assolutamente da cambiare dannazione!"

Si accorse anche che l'intero pezzo se toccato dondolava, la marmitta oltre ad essere bucata ed arrugginita stava per staccarsi e cadere a terra.

"Vedo che sai fare anche da meccanico Anderson!!"

Girò la testa verso il lato esterno e vide vicino a lei un paio di scarpe sportive nere con la suola rossa percorsa per l'intera lunghezza da un air trasparente.

"Belle le tue scarpe Steve!"

Si tirò su e si spostò una ciocca di capelli dal viso che era sfuggita dall'elastico della sua irrinunciabile coda.

"Visto, sono nuove, ho aggiunto un altro pezzo alla mia collezione!"

"Come?"

"Collezioni scarpe?"

"Be voi donne collezionate profumi, borse, scarpe dal tacco 12 ed io colleziono scarpe sportive."

"E quante nei hai?"

"Ventidue paia, non sono moltissime ma comunque sono un bel numero."

"Direi proprio di sì, io sì e no ne avrò in totale cinque paia, non sono fissata con le scarpe, preferisco acquistare un libro."

"Perché tu sei tu Anderson…"

Chinò leggermente la testa di lato e con le braccia conserte la guardò teneramente.

"Sai cosa collezionava una mia ex ragazza del liceo? Pagliacci… aveva pagliacci ovunque! In casa, in auto, a scuola nell'armadietto… Li odio quei bastardi!"

"Ah ah Steve, ti prego!"

"Ridi ridi, io sono rimasto traumatizzato, aveva pure un paio di slip con una faccia di pagliaccio stampata sul davanti, non ti dico altro!"

"Ah, no, così è da degenero ah ah ah!!"

"Non dirlo a me guarda."

"Perfetto! Ora so cosa regalarti a Natale!"

"Non ci provare Anderson!"

"Ma cosa hai capito! Io pensavo di procurarti delle stampe da attaccare ai bersagli del poligono quando andiamo ad allenarci, sai che soddisfazione poter sparare a tutti quei pagliacci sorridenti che ti fissano!"

Gli occhi di Steve si illuminarono di una luce celestiale…

"Ma veramente! Sei un genio Anderson!"

Scoppiarono entrambi in una risata.

Di fronte, la porta di casa Pitt si aprì e ne uscì il proprietario con lo scatolone vuoto del televisore tra le mani, preso il vialetto parallelo all'abitazione che portava al garage, si girò verso Kate e la salutò con una mano ed un sorriso a trentadue denti, lei lo ricambiò e gli fece segno di vittoria con il pollice destro.

Alla fine era riuscito a convincere la moglie a tenere quell'acquisto indesiderato e aveva la soddisfazione stampata sul viso.

Steve vide lo scambio di sorrisi e fu contento di constatare che Kate si stava integrando con il vicinato.

"A parte i dannati pagliacci, com'è messa la tua marmitta?"

"Malissimo, guarda tu stesso…"

Si chinò ed aprì la piccola cassettina degli attrezzi che aveva portato con sé e ne estrasse una chiave inglese, una volta sdraiato sul telo mare iniziò a picchiettare sulla marmitta.

"Qui è completamente da buttare via tutto il pezzo, ti ci vorrà un bel po', bisogna trovare una marmitta dello stesso modello e anno."

"Che seccatura…" disse Kate sbuffando.

"Le macchine d'epoca sono belle ma problematiche proprio per questo Anderson."

"Ok non mi resta che chiamare James e fare qualche ricerca su internet."

Si apprestò a cercare in rubrica il numero della carrozzeria, fatta la chiamata l'appuntamento era stato fissato per il tardo pomeriggio della stessa giornata, la sua preziosa Ford Torino sarebbe rimasta nelle mani di James fino a quando non si sarebbe trovato il pezzo, questo stava a significare che sarebbero potuti passare alcuni giorni come settimane…

"Ti lascia l'auto di cortesia?" le chiese Steve mentre frugava nella sua cassetta degli attrezzi.

"Sì per fortuna, anche se la mia macchinina mi mancherà un sacco, comunque mi ha detto di cercare di fissare la marmitta con qualcosa almeno per il tragitto fino in carrozzeria."

"Infatti Anderson ci stavo giusto pensando, potremmo usare questi."

Tirò fuori dalla cassetta del nastro isolante speciale resistente al calore e dello spago.

"Spero resistano perché si scalderà parecchio anche se il tragitto è abbastanza breve, però devi darmi una mano."

"Certamente, dimmi che devo fare!"

Entrambi si distesero sul telo mare di Kate e dopo circa una quindicina di minuti il lavoro era quasi terminato.

"Ok, adesso tirami un po' solo quell'estremità di nastro laggiù Anderson, ci arrivi?"

"Sì sì, aspetta…"

Kate distese il braccio al massimo ma nel farlo la sua pelle incontrò la lamiera sporgente ed arrugginita di uno dei tanti fori presenti sul tubo di

scappamento.
"Ah! Merda!!"
"Che succede!?"
Ritrasse il braccio velocemente per istinto, il taglio che si era appena procurata stava sanguinando e bruciava, si alzarono entrambi.
"Fa vedere Kate!"
Steve le prese immediatamente il braccio per controllare.
"Non è da punti per fortuna, però è da medicare subito, l'hai fatta l'antitetanica vero?"
"Certo Steve."
"Ok allora devi disinfettarlo."
"Eh ma non ho nulla a casa, ho solo degli antidolorifici e qualche garza."
"Mannaggia Anderson, Beh allora tamponiamolo e andiamo dritti in farmacia! Su quella marmitta ci vivranno miliardi di batteri!"
"Hai ragione."
Entrarono in casa, Steve si sedette in cucina e Kate corse in bagno al piano di sopra a sciacquare la ferita ed a cercare le garze.
"Posso usare il lavandino per lavarmi le mani?" urlò Steve.
"Certo! Usa lo strofinaccio piegato sul piano di lavoro a fianco i fornelli che è pulito" rispose Kate sempre dal bagno.
La ferita sanguinava parecchio, servirono due garze sovrapposte per tamponarla.
"Ok ho fatto!"
Ripose la cassettina dei medicinali nel mobiletto verticale, chiuse la porta del bagno e scese le scale.
"Ma posso andare anche dopo Steve, prima di lasciare l'auto" gli disse avvicinandosi al tavolo della cucina dove era appoggiato.
"No no, andiamo adesso Anderson! Sempre a preoccuparti per gli altri e poi quando si tratta di te lasci correre? Avanti, andiamo con la mia!"
Il tono autoritario di Steve non le lasciò scelta.
La farmacia più vicina era chiusa per le ferie estive, l'alternativa era quella che si trovava all'interno del centro commerciale.
Steve parcheggiò e rimase in auto ad aspettarla, odiava i centri commerciali affollati e ci andava solo se strettamente necessario, per la spesa infatti si riforniva nel piccolo negozio di alimentari vicino casa, anche pizzeria e rosticceria cinese facevano da padrone nella sua dieta quotidiana.
La farmacia era gremita, Kate prese il numerino e si sistemò in fila.

“Certo che c’è più gente in farmacia che in panificio.” pensò… e non ne fu felice.

“Agente non possiamo rimanere lontani a lungo a questo punto!”

Si girò alla sua destra.

“Sceriffo Button!”

Si era appena inserito nella fila parallela alla sua nella seconda cassa.

“Sarebbe stato meglio incontrarla giù al bar, almeno le avrei potuto offrire un caffè, qui al massimo più che uno sciroppo alla fragola non saprei cosa ordinarle!” disse spiritosamente.

Era la prima volta che incontrava Button al di fuori del loro orario di servizio e vederlo in t-shirt e jeans le faceva strano.

“Oh, ci mancherebbe! E poi guardi di caffè ne prendo fin troppi” sorrise Kate.

“Sono qui per mia figlia, devo ritirarle delle medicine.”

Prese dal portafogli un tesserino della previdenza sanitaria.

“Se non ha fretta gliela presento, è fuori dal parcheggio con sua madre che mi aspetta.”

La parola ‘sua madre’ le aveva ricordato che lo sceriffo effettivamente era divorziato, almeno era quello che le avevano detto i colleghi in centrale, nessuno aveva idea di chi fosse sua moglie, doveva vivere lontano da Silver Lake con la figlia.

“Ma certo, mi farebbe molto piacere, con me c’è anche l’agente Wolf, è in macchina che mi aspetta.”

“Perfetto.”

Sorrise maliziosamente.

“Wolf sarà a volte un po’ troppo euforico ma è davvero un buon agente ed una bella persona, non posso lamentarmi dei miei collaboratori.”

“Ha insistito a portarmi qui perché insieme abbiamo fatto un lavoro alla mia auto e stupidamente mi sono tagliata sul braccio.”

Si sentì in dovere di giustificare il fatto che fosse con Wolf anche se la cosa non era assolutamente necessaria, Button di certo non era lì per giudicare anche se un eventuale avvicinamento tra i due, che fosse stata anche solo che un’amicizia, non gli sarebbe dispiaciuto affatto.

I loro numeri furono chiamati contemporaneamente dalle diverse file.

Kate acquistò una bottiglietta di disinfettante, un pacchetto di cerotti e ne approfittò per prendere anche un colluttorio alla menta piperita senza alcool.

Cercò di non guardare lo sceriffo durante il suo acquisto, non voleva

sembrare invadente e scortese, ma non poté far a meno di notare che aveva preso davvero un bel po' di medicine.
Per lasciargli la sua privacy lo attese all'ingresso della farmacia, quando la raggiunse le aprì galantemente la porta lasciandola passare per prima.
"Deve fare degli altri acquisti Anderson?"
"No sceriffo."
Entrambi, ed ognuno con il proprio sacchetto, si diressero all'ascensore che portava al parcheggio esterno.
"Sa oggi è un giorno molto speciale, mia figlia ci ha appena comunicato che sarà ammessa al college, non speravamo in questa sua decisione."
Kate rimase stupita dall'affermazione dell'uomo, quasi tutti i ragazzi sognavano di poter andare al college, significava istruzione, indipendenza, nuove esperienze, la creazione del proprio percorso di vita, non capiva lo stupore con cui le aveva appena dato la notizia, era così banale che qualsiasi ragazzo volesse andare al college se ne avesse avuto la possibilità economica.
Le porte dell'ascensore si aprirono, Button la condusse al centro del grande parcheggio un paio di file prima di quella dove la stava aspettando Steve.
Dietro il portellone aperto di un grosso pick-up grigio, una bellissima donna dai capelli mossi e rosso scuro stava aiutando una ragazza a sistemare il fermo della ruota della sua sedia a rotelle…
Era bellissima, ed aveva gli occhi di suo padre.
Le bastarono pochissimi istanti per capire che la parte sinistra del suo corpo era completamente immobile oltre ad entrambe le gambe, ma la luce che emanavano i suoi occhi ed il suo sorriso erano quelli della persona più felice del mondo…
Kate cercò di trattenere il velo di commozione che le si era bloccato in gola, mai avrebbe immaginato che lo sceriffo Button dietro tutte le sue battute e lavoro potesse nascondere un dolore così grande.
"Agente le presento Marie e mia figlia Susan."
Diede la mano ad entrambe con un sorriso.
"Piacere, Kate Anderson!"
"Il piacere è nostro!"
Le rispose Susan con un filo di voce, aveva difficoltà nel parlare, forse anche i muscoli della gola e della lingua avevano iniziato ad essere intaccati dalla malattia.
"Buonasera agente, Richard ci ha parlato di lei sa!" le disse Marie.

"Giuro che ne ho parlato bene!"
Intervenne Button tirando su la mano destra in segno di giuramento.
"Sì, ci ha raccontato quanto si stia interessando al caso di quel povero bambino."
"Faccio solo il mio lavoro." rispose Kate un po' imbarazzata per gli apprezzamenti.
Button guardandosi intorno individuò Steve, era a braccia conserte appoggiato di schiena contro il finestrino lato guidatore della sua auto, non li aveva visti passare.
Con un fischio assolutamente informale lo fece voltare verso di loro.
"Arrivo!" rispose Steve ad alta voce dopo averli visti.
Chiuse la macchina e li raggiunse.
Passarono cinque minuti tutti in compagnia.
Lo sceriffo, in borghese ed in versione papà era ancora più simpatico di quello che era solitamente sul lavoro.
Si salutarono, Kate intimò a Steve di andare prima che Button e Marie iniziassero con le manovre per aiutare Susan a salire sull'auto, non voleva creare disagio con la loro presenza alla ragazza ed ai suoi genitori.
Una volta entrati in auto posò il sacchetto sul sedile posteriore dietro di lei.
"Ma tu lo sapevi che Button aveva una figlia malata?"
"Sì, me lo avevano detto prima che tu arrivassi qui Anderson, ma io non amo i pettegolezzi... Ha una grave forma di sclerosi laterale amiotrofica, molto aggressiva, in sei mesi e già arrivata nello stadio che abbiamo appena visto."
Adesso capiva perché Button era rimasto stupito per la decisione di Susan di iscriversi al college... non avrebbe vissuto tanto a lungo per terminarlo...
Ma quegli occhi erano quelli di una persona che voleva vivere appieno ogni singolo giorno che la vita le avrebbe concesso.
"Che ragazza coraggiosa, è davvero da ammirare! Poi pensi a quei ragazzini che si fanno saltare la testa con la pistola del padre perché infelici e distrutti dal fatto che non hanno ricevuto l'auto che desideravano per il diploma..."
Steve in silenzio annuì...
Smise di parlare e guardò fuori dal finestrino la gente che usciva dal centro commerciale ed aggiunse:
"E poi c'è Susan... che sa che non avrà mai il tempo necessario per finire il college ma nonostante questo trova la forza di continuare a vivere..."

Il resto del pomeriggio trascorse velocemente, tornati a casa di Kate i due ragazzi finirono di sistemare l'auto, la portarono da James e rientrarono con l'auto di cortesia.

Il braccio di Kate era a posto, aveva disinfettato e medicato la ferita, Steve era tornato a casa, e lei nuovamente sola nella sua casa ancora da sistemare, decise di cenare fuori nel suo porticato.

Aveva collocato un dondolo a lato della porta d'ingresso, le sarebbe bastato per mangiare comodamente distesa la pizza che aveva ordinato.

La bandiera degli Stati Uniti si muoveva delicatamente, accompagnata dal leggero vento creando un'ombra danzante sull'erba del vialetto grazie al tiepido sole del tramonto estivo.

Kate, distesa, contemplava quella pace preserale…

A qualche chilometro di distanza, Steve dal tavolo della sua cucina, sistemava file sul suo PC portatile mentre mangiava la sua porzione di gnocchi di riso di Zhu.

Tra una cartella e l'altra si imbatté involontariamente nella raccolta di foto scattate qualche anno prima durante un viaggio nel Gran Canyon con la sua ex fidanzata.

Quelle immagini di lui spensierato e felice, con il cappello da cow boy e lo zaino in spalla a fianco della persona che avrebbe voluto sposare e che lo aveva tradito, scatenarono in un attimo la rabbia che aveva creduto di aver del tutto superato.

Preso dall'ira scaraventò il PC contro il muro spaccando una mensola e riducendo il portatile in mille pezzi…

Il fattorino della pizza, un ragazzino dalla apparente età di circa 16/17 anni, arrivò sgommando, Kate si augurò che la sua stracchino rossa non ne avesse risentito troppo.

Congedato con tanto di mancia nonostante la sua incuranza nel trasporto delle pizze, Kate si sistemò comodamente sul dondolo, aprì il cartone e addentò voracemente la prima fetta fumante.

La cena nella tranquillità della sera nel suo porticato le piacque, decise di rimanere lì ad ascoltare il canto delle cicale ancora per un po'.

Si distese meglio sul dondolo, accese la piccola radio che aveva portato fuori con sé insieme al cellulare ed alle chiavi di casa ad un volume basso ma perfettamente udibile, Hey Now dei London Grammar si diffuse nell'aria circostante facendola sprofondare in mille pensieri.

Quel posto che fino a poco tempo prima considerava tranquillo e perfetto, fatto della bellezza surreale del suo lago, della vita scandita dai tempi quieti dei suoi abitanti, in verità nascondeva vite segnate da tanto e silenzioso dolore.

Patterson ed il suo declino dopo la morte sofferta di sua moglie Lana, il signor Taylor e l'orrore che si portava dentro dalla sua guerra nel Vietnam, la solitudine della signora Mcduder, lo sceriffo Button e Susan, un padre che viveva con la consapevolezza che la sua unica figlia sarebbe stata condannata a morire lentamente, e poi Jude e Marcos…

L'illusione della perfezione che le aveva dato Silver Lake al suo arrivo stava man mano dissolvendosi come una nebbia portata via dal vento, forse, anche per questo, stava iniziando ad affezionarsi a quel posto ed alle sue persone.

Le paure, le imperfezioni, le debolezze dei suoi abitanti rendevano tutto più umano.

5

Millinocket-Maine 1982

Una bambina dai lunghi capelli scuri e dalla piccola veste bianca correva felice in un campo di grano meraviglioso…
Le spighe piegate dal vento creavano onde lucenti e dorate che si cullavano tra l'azzurro del cielo, mentre migliaia di piccoli semi di bocche di leone splendevano nell'aria come diamanti leggeri e delicati…
Era una mattina di primavera nella campagna al di fuori della città, vicino al lago…
Fuori, a lato della casa tinta di rosso e bianco, il bucato profumato di fresco e di lavanda danzava mosso dall'aria ancora pungente di Aprile.
Fermò la sua corsa e si voltò, i lunghi capelli aleggiati dal vento incorniciavano due grandi occhi azzurri, innocenti e pieni di vita.
"Emily! È pronto!"
"Arrivo mamma!" rispose più forte che poté.
Riprese la sua corsa, avrebbe pranzato con la mamma, le aveva promesso che se fosse stata brava e avesse mangiato tutto il passato di verdure, nel primo pomeriggio sarebbero andate al lago a portare il pane raffermo alle anatre.
Arrivò sulla soglia di casa veloce come un fulmine, si lavò le mani nel lavandino della cucina aiutandosi con il piccolo sgabello in legno che le aveva procurato il suo papà durante uno dei suoi viaggi in camion.
Era una bambina molto intelligente e vispa per la sua età, a cinque anni sapeva già leggere e scrivere ed era indipendente praticamente su tutto.
"Brava amore mangialo tutto."
"Andiamo a vedere le anatre dopo come mi avevi promesso vero?"
"Sì certo tesoro mio."
Era un pezzo che ad Emily il passato di verdure aveva cominciato a piacere, ma aveva continuato a dire a sua madre che non le andava per

estorcerle qualche piccolo premio in cambio della sua buona volontà ed ubbidienza.

Finito il suo piatto cominciò meticolosamente a mettere dentro il suo zainetto i pezzi di pane raffermo che la mamma aveva disposto sul tavolo dopo averlo spezzato.

Era euforica, l'ultima volta aveva visto nella colonia di anatre che vivevano sulla riva del lago alcuni nuovi piccoli.

"È una bellissima giornata. Portiamoci due stuoie così possiamo anche sdraiarci un po' che ne dici?"

"Sì sì mamma!"

Una volta arrivate, Emily posò subito il suo piccolo zaino e corse a vedere le anatre che stavano beate sulla superficie del lago Ferguson.

"Tesoro stai più in qua. Il pane lanciaglielo nell'acqua ma non ti avvicinare troppo ok?"

"Sì mamma."

La giovane mamma sistemò le stuoie una di fianco all'altra e si distese, la notte prima non aveva dormito per colpa della solita forte emicrania che ormai da tempo non le dava tregua.

Emily iniziò a lanciare divertita i pezzi di pane nel lago e le anatre cominciarono a far gara per accaparrarsi i bocconi più grossi.

"Mamma non ci sono i piccolini!"

"Magari riposano."

"E come faccio a farli mangiare?"

"Tu non darglielo tutto ora il pane, tienine un po' per dopo, magari arrivano."

La piccola delusa per l'assenza degli anatroccolini si sedette vicino alla riva nella speranza di vederli arrivare... mentre la sua mamma si addormentava cullata dal suono dell'erba mossa dal vento...

I due giorni seguenti passarono veloci nella routine quotidiana scandita dai ritmi 'morbidi' della cittadina.

Kate dovette abituarsi alla guida della sua auto di cortesia equipaggiata di servosterzo e full optional, qualsiasi altra persona avrebbe apprezzato le comodità offerte da un'auto di nuova generazione, ma lei, amante delle auto d'epoca e della classicità della vecchia meccanica, non fece altro che rimpiangere la sua amata Ford Torino.

In centrale, tra una chiamata per un divieto di sosta su zona disabili e qualche denuncia per smarrimento di carta di identità, il momento di maggior allerta fu per un diverbio, corredato da insulti e schiamazzi, tra due vicini di casa che rivendicavano il diritto dei propri cani ad urinare contro lo steccato che delimitava i rispettivi giardini.

Marie e Susan tornarono nella loro casa a Portland nel Maine, la loro visita era stata molto breve a causa delle condizioni di salute della ragazza, di solito era Richard che andava a trovarle nei suoi giorni di riposo che dedicava solo ed esclusivamente alla figlia, il suo matrimonio era finito già da qualche anno, ma i due ex coniugi avevano mantenuto un buon rapporto anche e soprattutto per Susan.

Steve, sebbene odiasse i centri commerciali, dovette farsi forza ed andare ad acquistare un nuovo portatile al negozio di elettronica del secondo piano, era riuscito tramite un amico esperto programmatore a recuperare tutti i file dal disco rigido del vecchio PC distrutto.

Nessuna novità invece per i due vicini di casa, la signora Mcduder e il signor Patterson che avevano passato i loro giorni, come tutti i giorni della loro solitaria vita, nelle loro abitazioni, lei occupandosi del suo giardino e lui ubriacandosi come al solito, anche se, per qualche secondo, dopo tanti anni, riguardando il dipinto fatto a sua moglie, sentì la dimenticata voglia di toccare ancora con quelle rovinate e nodose dita i pennelli che avevano colorato la sua giovinezza, e che aveva abbandonato in una scatola di legno ormai consumata dalle tarme, riposta decine di anni prima giù nel seminterrato, dentro qualche sucido e gonfio scatolone di cartone.

Al calare della sera Kate ricevette la telefonata dello sceriffo che la informava che il permesso per riesaminare i reperti del caso Deichs era pronto in centrale.

Era appena rientrata dal suo turno pomeridiano e aveva finalmente deciso che avrebbe dedicato la serata a sistemare il contenuto delle scatole che non aveva ancora aperto ed erano rimaste stipate in un angolo della sala e nel garage.

A metà dell'operazione di svuotamento degli scatoloni si fermò, per qualche misteriosa ragione sentì dentro di sé il bisogno, la necessità di fare una cosa. Non aveva spiegazioni riguardo a quell'impulso inatteso e fulmineo, non sapeva perché e per quale motivo proprio in quel momento sentiva dentro di se il richiamo di quel lago segreto, aveva il disperato bisogno di andare sulla riva dove Jude si era tolta la vita. Come se una forza, che le era entrata nel petto, la stesse trascinando verso quelle acque calme e profonde.

Lasciò il lavoro che aveva iniziato e con l'auto di cortesia si diresse su quella riva seducente e maledetta.

La notte in cui si era tolta la vita Jude era ben diversa dalla serata illuminata dalla luna riflessa che Kate stava guardando su quelle acque misteriose.

Lasciò le luci dell'auto accese ad illuminare il silenzio intorno a lei, non sapeva spiegarsi perché fosse lì, o forse voleva solo provare ad immaginare il dolore che aveva consumato Jude fino agli ultimi istanti della sua vita.

Si sedette a pensare, assorta nel riflesso di quella luna intrisa dei segreti di quel lago, i movimenti dell'acqua scuotevano delicatamente quell'immagine che sembrava prendere vita e sussurrarle le verità celate di Silver Lake.

Forse la verità si nascondeva proprio in quelle profondità, forse quel lago diventato la tomba di Marcos significava qualcosa in tutta quella triste storia, mille domande le permearono nella mente, ma per trovare le risposte giuste, come le diceva sempre suo padre, bisognava porsi le domande giuste… e solo cercando di immedesimarsi anche in minima parte in Jude, probabilmente, sarebbe riuscita a chiedere a se stessa cosa cercare… cosa domandare…

Come in un film visto sulla tela di un vecchio cinema all'aperto, ricreò, immaginandola, la vita di Jude in prima persona, rivisse le gioie, i dolori del suo matrimonio con Thomas Deichs, la felicità della nascita e della crescita di Marcos, le angosce dei momenti della sua scomparsa, le azioni ed i movimenti di tutti i conoscenti intorno a lei ricordando le testimonianze ed i rilevamenti fatti.

Tante diverse emozioni trasformarono in quel momento Kate Anderson, su quella riva umida e buia, in Jude Steavenson, fino al momento dell'inquietudine e del vuoto che Kate stessa stava provando del suo suicidio.

Alla fine di quel doloroso ripercorso interpersonale, una domanda che ancora non si era posta si formulò dentro di lei, un piccolo e semplice dettaglio che poteva non significare nulla, ma che le aveva appena creato un dubbio.

Una cosa sui tabulati telefonici della giornata in cui Marcos scomparve era stata tralasciata, quel piccolo dettaglio, forse, poteva significare molto…

Risalì in auto, consapevole di aver creato in sé una delle domande giuste e tornò a casa ripercorrendo quelle strade silenziose e profumate di nostalgica estate, fatte delle cene al tramontare del sole, dei bagliori delle fiaccole alla citronella nei giardini, del profumo dell'odore dei barbecue all'aperto…

Decise che per il momento avrebbe fatto i dovuti accertamenti da sola per non rischiare di intralciare le indagini, almeno finché non fosse venuto a galla qualche importante elemento che potesse dare una svolta al caso Deichs.

Se avesse fatto un buco nell'acqua almeno non avrebbe coinvolto gli altri agenti evitando loro una brutta figura, non le interessava nessuna promozione, nessun riconoscimento, ma solo scoprire la verità.

Rimase sveglia fino a tardi a finire di sistemare il contenuto delle scatole, quella fu la prima vera sera nella 'sua' casa a Silver Lake, nonostante le capitasse di pensare con nostalgia ad Atlanta qualche volta, sentiva che adesso quella cittadina e quel lago le appartenevano, e con sè tutto quello che nascondeva.

Il cimitero stava man mano riempiendosi di candida neve, niente vento, nessun suono, solo l'erba piegata dal peso di quella coltre bianchissima ed un grande e pungente freddo che le penetrava nelle ossa come nell'anima.

La neve le cadeva sui capelli e sui leggeri vestiti che assurdamente portava in una giornata tanto fredda, sciogliendosi e bagnandola sempre di più.

Camminando tra le file di antiche tombe sentiva i suoi piedi sprofondare nell'erba ormai bianca, lapidi secolari e consumate dal tempo erano ovunque intorno a lei come in un labirinto oscuro.

Nomi e cognomi con date di morte risalenti anche a centinaia di anni prima sembravano bisbigliare, in quel silenzio angosciante, le loro storie di vite ormai trapassate.

Non era un cimitero conosciuto, era un posto irreale… di una bellezza ineguagliabile ed al tempo stesso agghiacciante.

Statue di angeli, ormai cadute nel disfacimento della loro antica bellezza, con le mani protese al cielo, sembravano invocare e custodire le anime dei defunti di quel luogo.

Avanzò stringendosi in sé per il freddo, un senso di immensa oppressione si stava impossessando di lei, doveva trovare un'uscita, ma non vi era nessuna traccia di un cancello o di un varco in quel cimitero che sembrava infinito.

Era esausta, non sentiva più le mani ed i piedi per il freddo, si sedette a terra di fianco ad una vecchia lapide in preda allo sconforto, tutto quello che riusciva a sentire nel silenzio era il suo respiro che si condensava nell'aria gelida.

Chiuse gli occhi cercando di riprendere un po' di coraggio ed energie, fu in quel momento che per la prima volta sentì qualcosa, un piccolo e quasi impercettibile sibilo, non capiva cosa potesse essere, si alzò, forse c'era qualcuno che potesse indicarle l'uscita.

A grandi passi veloci cercò di seguire quel suono che si faceva man mano più udibile e capì che si trattava di un pianto, era il pianto di una donna...

Proseguì scrutando ovunque il suo sguardo potesse arrivare fino a scorgere in lontananza il profilo di una ragazza, inginocchiata di fronte ad una lapide dai profili semplici e lineari.

Si avvicinò lentamente per non spaventarla, man mano che quella figura femminile si faceva più nitida la sensazione di conoscerla aumentava, al punto di riconoscerla una volta arrivata a pochi passi da lei...

Inginocchiata, con il pigiama che portava quella notte, e con il lato destro della nuca sanguinante ed aperto da un foro, Jude teneva tra le braccia il corpo di una bambina con una veste bianca e dai lunghi capelli scuri.

Kate si irrigidì terrorizzata, con un filo di voce tremante si avvicinò e la chiamò per nome.

"Jude..."

Protese una mano verso di lei quasi per sfiorarla, ma non si voltò, il suo sguardo fisso e spento era rivolto al piccolo corpo che teneva tra le braccia con il viso rivolto al suolo.

"No... non mi toccare..." le rispose senza degnarla di uno sguardo.

"Stai sanguinando Jude! Lascia che ti aiuti!"

"No... nessuno ci può aiutare..."

Prese il corpicino e lo adagiò a terra, sopra il manto candido di neve.

"Guarda Kate... sta dormendo..."

Si strinse nelle spalle, il sangue secco e scuro era attaccato ai capelli biondi

e lungo il pallido viso, il suo pianto si fece più soffocato e profondo.
"Lo sai Kate, Satana a volte… si traveste da angelo di luce…"
Scoppiò in un pianto disperato, prese il corpo della bambina e lo strinse tra le braccia scoprendone il viso.
"Oddio!!" esclamò inorridita Kate.
In quel momento vide che il visino di quella piccola era completamente devastato dalla decomposizione.
Terrorizzata si portò le mani al viso, era scioccata, non capiva, si guardò intorno disperata, non aveva idea di dove fosse e cosa stesse accadendo.
"Mio Dio Jude chi è questa bambina! È morta Jude! Da che tomba l'hai presa!!"
"Non è vero… è mia! È la mia bambina e tu me la vuoi rubare!" le urlò.
Kate si avvicinò ancora, ma Jude si alzò, indietreggiò di alcuni passi tenendo il corpicino della bambina con un braccio mentre con l'altro rovistò sotto la logora maglia del pigiama e ne estrasse una pistola, e dopo averla guardata con lo sguardo pieno di angoscia e terrore, spalancò la bocca, vi introdusse la canna dell'arma e fece fuoco per la seconda volta…

"Porca di quella…!"
La moneta si era incastrata nella feritoia della macchinetta del caffè, con un destro fermo e deciso cercò di sbloccare la situazione ma sferrò il colpo invano.
"Ehi Steve, non c'è bisogno di spaccare tutto, basta prendere un post-it, lo pieghi, lo infili nella fessura e sposti di poco la moneta, funziona!"
Kate era appena arrivata, profumava ancora di docciaschiuma al muschio bianco.
"Tu non sai quante monete mi ha già fregato questa maledetta!"
Gli sferrò un altro colpo.
"Ok… un'altra causa persa" pensò lei rivolgendo lo sguardo al soffitto.
"Lascia fare a me…"
Si avvicinò alla scrivania, prese il primo fogliettino dal cubetto color giallo fluo che si trovava di fianco al portapenne e lo piegò alcune volte conferendogli una forma sottile e rettangolare.
"Guarda devi fare così."
Si chinò per guardare direttamente la feritoia della macchinetta.
Steve, stranamente, si concentrò sulle manovre che stava effettuando la collega.
"Beh non sarebbe poi così male se mi rimanesse incastrata qualche altra

moneta cara Anderson…”

“Perché?”

Rispose continuando a concentrare lo sguardo sul post-it appena introdotto.

“È un bel vedere da qui…”

“Cosa?”

Si voltò e vide Steve, spostato di lato, che ammirava compiaciuto la posizione supina che aveva dovuto assumere per intervenire all’inconveniente.

“Ma… Steve!”

In quello stesso istante la moneta si disincastrò ed il caffè di Steve iniziò a scendere dentro il bicchiere di plastica della Coffe House.

“Dai era un complimento Anderson!”

“Tutti uguali voi uomini…”

Gli lanciò il piccolo post-it addosso in segno di protesta, Steve lo prese al volo.

“Sempre pronto Anderson! Però mi sa che ti sei svegliata male stamattina.”

“No te lo avrei lanciato ugualmente” gli sorrise.

“Comunque a parte il tuo occhio troppo lungo…”

Smise di parlare e lo fulminò con lo sguardo.

“Effettivamente sì, ho avuto un altro incubo.”

“Sempre sul caso Deichs?” chiese Steve.

“Sì, ma questa volta ho sognato Jude, ed una bambina, è stato orribile…”

“Non ti invidio Anderson, questo caso ti sta perseguitando.”

“Sono io che in fondo glielo permetto Steve.”

Prese posto alla scrivania mentre lui si portò alla bocca il caffè fumante.

Posato sull’agenda, dentro una fascetta di plastica trasparente, lo sceriffo le aveva fatto trovare la richiesta timbrata e firmata.

“Button non c’è stamattina?”

Chiese mentre cercava di sistemare la fondina della pistola che si era impigliata nella sedia rivestita in alcantara scuro.

Per economizzare dato gli scarsi fondi, avevano optato per far rivestire le sedie dell’intera centrale invece di sostituirle visto i devastanti segni di decenni di usura, con un risultato estetico migliore ma non funzionale.

“No è dovuto andare fuori città, nella tenuta dei Lockwood per quel solito problema burocratico dell’acquedotto.”

“Quindi stamattina sei vice… caro Wolf…”

"Già Anderson, stai attenta, dovrai comportarti bene e seguire tutte le mie direttive!"
Gli rispose sfoggiando una delle sue migliori facce da schiaffi.
"Sarò impeccabile vicesceriffo Wolf..."
Il botta e risposta appena iniziato fu interrotto dallo squillare del telefono del centralino, Steve che era già in piedi posò il caffè quasi del tutto terminato, fece cenno a Kate di rimanere tranquillamente seduta alla scrivania e andò a rispondere.
"Pronto polizia di Silver Lake."
Rimase qualche istante in ascolto...
"Ma ci stiamo prendendo per i fondelli? Oh Signore... arriviamo."
Riagganciò.
"Che succede?" chiese Kate.
"Questa è la cittadina più assurda che esista Anderson, dobbiamo andare ad intervenire in ordine pubblico e sai per cosa?"
"Non ne ho idea Steve..."
"Giù in Harrison Street una donna con un maiale di almeno 150 chili ha bloccato la strada in protesta."

Il maiale era davvero enorme, quasi duecento chili di animale erano piazzati nel bel mezzo della strada, in prossimità dell'attraversamento pedonale che si trovava di fronte alla scuola elementare.
Un centinaio di persone si erano raggruppate ad osservare la bizzarra signora con il suo gigantesco suino, chi per curiosità e chi, soprattutto automobilisti bloccati, per inveire contro la donna ed il suo povero animale, visibilmente stremato dall'inconsueta situazione.
Kate e Steve si fecero strada tra le persone ammassate.
Era sulla cinquantina, in evidente stato confusionale dettato dalla disperazione, aveva legato striscioni e cartelli alle grate di ferro che circondavano la scuola, la sua fattoria era stata pignorata per colpa della crisi economica che ormai da tempo aveva colpito il paese come la maggior parte degli stati industrializzati del mondo.
Kate, avvicinatasi al possente animale, gli fece una carezza sulla fronte che fu gradita visto il grugnito e lo scodinzolamento della buffa coda a forma di ricciolo.
"Stai attenta Anderson, poteva morderti!"
"È delle persone che bisogna diffidare, non certo da un animalone tanto tenero."

Lo accarezzò ancora.

La donna si rivolse a loro per prima.

"Fatemi pure tutte le multe e le denunce che volete! Tanto presto non avrò nemmeno più un tetto sulla testa, né un lavoro, né un posto dove portare il mio povero Trudy."

"Trudy è il suo maiale signora…?" chiese Steve con garbo.

"Signora Williams, Hariet Williams."

"E sì, Trudy è il mio maiale, il mio fedele amico da anni, mio e di mio marito, non lasceremo che ce lo portino via!"

La donna in preda allo sconforto buttò le braccia al collo dell'animale in un abbraccio.

Dalle auto bloccate dallo stazionamento di Trudy diversi automobilisti iniziarono a gridare esasperati dalla situazione.

"Allora!!! Quando finisce sto maledetto show da circo!!!

"Sì! Qui dobbiamo andare al lavoro!!"

"Portatelo al macello quel maiale!! Altro che salsicce con tutta quella carne!!!"

Le urla degli automobilisti fecero scattare Kate… soprattutto l'ultima frase sentita…

"Aspettami qui Steve…"

"Dove vai Anderson?"

"Tu stai qui con la signora Williams per favore, e convincila a liberare almeno la strada che arrivo subito."

La voce che aveva inneggiato alla macellazione del povero Trudy proveniva da un'auto azzurra ad una trentina di metri, il fiero conducente era fuori, appoggiato alla portiera, che non smetteva di urlare.

A passo deciso e con rabbia opportunamente controllata Kate si avvicinò all'uomo.

"Beh allora? Siete o non siete agenti?! Che ci fa ancora qui quella pazza con quella bestia schifosa?!"

"Siamo appena arrivati, signor…?"

"Non vedo perché dovrei fornirle il mio nome!"

"Però il diritto di dare titoli alla signora come 'pazza' e all'animale che ha con sé come 'bestia schifosa' lo ha vero?!"

L'uomo cambiò subito espressione e si zittì immediatamente.

"Bé io sono un agente e ho il diritto di sapere come si chiama visto che sono in servizio, visto che questo è un intervento di ordine pubblico e lei sta creando disordine con le sue urla e le sue disgustose istigazioni alla

macellazione non autorizzata!!”
“Sì ma io devo andare al lavoro.”
“Se la pianta di urlare contro la signora ed il suo animale noi riusciremo a svolgere il nostro lavoro nei tempi più brevi possibili, altrimenti rimarrà qui ancora a lungo… è chiaro?!”
Ammutolito ed imbarazzato si ritirò nella sua auto senza proferire ulteriore parola, l’intervento di Kate servì a zittire anche gli altri automobilisti urlatori.
Il tenero Trudy si stava lentamente spostando dalla carreggiata accompagnato dalla signora Williams, tirato delicatamente tramite la grossa corda che faceva da guinzaglio e che aveva fissata all’enorme collare brillantinato.
Tutti gli automobilisti infuriati cominciarono a rientrare nelle loro auto e si apprestarono ad accendere i motori.
Steve doveva essere stato convincente mentre Kate riprendeva quell’uomo adirato ed insensibile, non sarebbe stata di certo la maleducazione e l’arroganza che avrebbero messo termine all’azione disperata di quella donna in difficoltà.
Il traffico su Harrison Street stava riprendendo regolare, i curiosi stavano piano piano andando via ed Hariet e Trudy, spostati all’angolo della strada, guardavano andare via nell’indifferenza seconda alla curiosità, coloro che avevano affollato la loro piccola ed inutile protesta, con rassegnazione e delusione negli occhi e nel cuore.
“Ascolti signora Williams” le disse Kate.
“Possiamo cercare di trovare almeno per il momento uno stallo per Trudy, lo sceriffo conosce alcune famiglie che hanno delle grosse fattorie fuori città, sicuramente un posto per il suo animale lo hanno.”
“Sarebbe meraviglioso, almeno lui, io e mio marito possiamo anche dormire in camper ma Trudy… ha bisogno di un posto riparato e nel camper ovviamente non ci entra.”
“Facciamo così, lei ora va a casa, lascia Trudy tranquillo, viene da noi in centrale e la facciamo parlare con lo sceriffo.”
“Grazie agente.”
Anche se il problema non era stato risolto, la gentilezza dei due agenti aveva dato un po’ di tranquillità alla donna.
Tutti e tre insieme staccarono i cartelli e gli striscioni che erano ancora attaccati alle grate della scuola, dopo di che si recarono nella strada adiacente dov’era parcheggiato il grosso furgone rosso con cui era arrivata

la Williams e caricarono il tutto, Trudy compreso.
"In cosa incorro adesso?"
Chiese rassegnata e consapevole di dover rispondere al disagio che aveva creato.
"Nulla, ci pensiamo noi signora Williams, però non lo rifaccia, piuttosto venga in centrale da noi se ha bisogno di denunciare un problema o un disagio che la mettiamo in contatto con i servizi sociali o con chi potrebbe aiutarla" rispose Steve.
"Vi ringrazio, mio marito nemmeno sa che sono venuta qui a manifestare, l'ho lasciato a casa a dormire."
"Mi raccomando, venga più tardi da noi che la faccio parlare con lo sceriffo come le avevo detto" le ribadì Kate mentre delicatamente le prese una mano tra le sue.
"Sì certo, grazie ancora…"
Cercando di nascondere la commozione salì sul suo furgone e partì.
"Spero che Button non mi uccida…" disse Kate passandosi nervosamente una mano dietro la base della nuca.
"No conoscendolo le darà volentieri una mano, stai tranquilla Anderson."
"Lo spero… Mi sei piaciuto come vice, bravo Steve! Un altro le avrebbe fatto una multa come minimo poverina."
"Beh sai…"
Cominciò spudoratamente e di proposito a gonfiarsi nelle spalle.
"Anche noi duri abbiamo un cuore tenero."
"Ah ma smettila!"
Gli diede una piccola pacca sulla spalla sinistra che lui ricambiò immediatamente e con più vigore sulla sua spalla destra, il piccolo giochetto tra i due continuò per qualche altro secondo tanto che due signore anziane che passeggiavano sul marciapiede opposto non si lasciarono scappare tra di loro qualche piccola critica.
"Eh vedi come lavorano in polizia, giocano!"
"Già e se poi hai bisogno magari non ti aiutano nemmeno!"

6

In appena un paio d'ore, dal primo telegiornale delle 7,00 del mattino trasmesso dalla tv locale della cittadina, la notizia che c'era finalmente un accusato per l'omicidio di Marcos Deichs aveva fatto il giro dell'intera città.
Altre piccole emittenti stavano partendo, destinazione casa Patterson, per trasmettere la notizia direttamente dalla casa 'dell'orrore' come era stata definita dal giornalista, la fuga di notizie non era di certo avvenuta all'interno della centrale visto l'estremo riserbo che avevano mantenuto lo sceriffo e tutti gli agenti.
Il disprezzo che la maggior parte della comunità nutriva già nei confronti di Carl Patterson stava man mano crescendo con il passare delle ore, il passaparola si era innescato e correva veloce come la scintilla di una miccia accesa, pronta ad esplodere con la rabbia collettiva nei confronti di un uomo, che aveva tutti i requisiti necessari per essere etichettato come il 'mostro di Silver Lake'.
Al rientro in centrale di Kate e Steve la situazione era già critica, un'emittente era già piazzata fuori sulla piazzola del parcheggio e i telefoni del centralino e dell'ufficio dello sceriffo squillavano in continuazione.
Gilbert, che non sapeva come comportarsi, era nel panico.
"Ma che diavolo sta succedendo!" disse Steve mentre scendeva dall'auto di servizio.
Una telecamera gli era stata puntata dritta sulla faccia, nemmeno il tempo di realizzare, che il giornalista di fianco cominciò a fare domande a raffica puntandogli il microfono sotto il naso.
"Per quale motivo Carl Patterson non si trova in carcere nonostante

l'accusa di omicidio a suo carico?! Aveva dei complici o ha fatto tutto da solo?"

Veloci e senza rispondere, facendosi strada tra il giornalista molesto ed il suo cameraman entrarono in centrale.

Gilbert in agitazione corse a chiudere a chiave la porta di entrata e fece cenno loro di seguirlo in sala tv, il canale era già sintonizzato sulla rete delle notizie locali che trasmetteva 24 ore su 24 a rotazione, dopo pochi secondi il trafiletto scorrevole sotto le immagini di repertorio dell'intervento del ritrovamento di Marcos diceva:

Fine del mistero di Silver Lake, accusato Carl Patterson un anziano del posto per l'omicidio del piccolo Marcos Deichs.

"Cosa??!" Kate era sconcertata.

"Com'è possibile che i giornali sappiano di Patterson! Stiamo seguendo le indagini nel riserbo più totale apposta per evitare questo!"

Già aveva ben precisa l'immagine di casa Patterson circondata da decine di giornalisti e cittadini pronti a linciarlo.

"E comunque non è accusato! È indagato, la cosa è ben diversa! Infatti è a piede libero e non in carcere, stanno divulgando delle informazioni sbagliate!" rispose Steve, non poteva credere ai suoi occhi…

"Cazzo Gilbert! Button lo sa?!"

"Sì Steve, lo ha appena saputo, sta rientrando, era fuori di sé."

Il problema non stava solo nel fatto che sia lo sceriffo che i suoi collaboratori stavano facendo la figura degli incompetenti che non avevano arrestato ed incarcerato un accusato per omicidio, ma anche il rischio serio per l'incolumità di quell'uomo alla mercé dei cittadini inferociti ed indignati.

"Cristo dobbiamo andare da Patterson! Prima che qualche cittadino se la prenda con lui e qualcuno si faccia male!"

"Infatti Anderson! Aspettiamo lo sceriffo? Non dovrebbe metterci molto!" gli rispose Steve, sembrava davvero preoccupato questa volta.

"Non ha nemmeno il telefono, avremmo potuto avvertirlo di non uscire di casa almeno, cavolo Steve e se fosse già uscito?!"

Il timido ed introverso Gilbert, che stava seduto sulla poltrona di fronte ai due ragazzi con le mani incrociate ed il capo chino, intervenne.

"Magari ha visto anche lui il telegiornale stamattina."

Kate e Steve si guardarono…

"Patterson non è tipo da notiziario e comunque conoscendolo una notizia del genere non lo spaventerebbe ma lo provocherebbe, sarebbe capace di uscire di casa apposta per affrontare tutti" gli rispose Kate ancora più in ansia.

Nel piazzale fuori dalla centrale il grosso furgone di servizio dello sceriffo aveva appena parcheggiato, lo stesso molesto giornalista si stava per avventare anche su di lui, ma fu immediatamente bloccato con tanto di mano sull'obiettivo della telecamera ed un "No comment" ed un "Chiariremo tutto in conferenza stampa che sarà indetta nel pomeriggio!"

Entrò dentro la centrale dopo aver aperto con le chiavi, il gelo calò sui tre agenti in saletta tv, Button aveva un espressione grottesca, il pugno serrato, si chiuse immediatamente nel suo ufficio a fare alcune telefonate, il tono della voce era alto e da quel che i tre agenti riuscirono ad udire lo sceriffo stava difendendo la sua centrale ed i suoi collaboratori.

Uscì dopo alcuni minuti chiudendosi la porta alle spalle e si accese un grosso sigaro, sembrava tornato calmo e tranquillo, si avvicinò ai ragazzi.

"So benissimo che posso fidarmi di voi, e so che tutto questo non è dipeso da un nostro errore, faremo chiarezza sull'accaduto, ma adesso la nostra priorità è dare protezione a Carl Patterson."

Fece cadere la cenere con il tocco delle dita dentro il grosso posacenere che era posato sul tavolino nella saletta tv, negli uffici dove accoglievano il pubblico non si poteva fumare e gli unici posacenere della centrale erano presenti nella piccolissima cucina che non utilizzavano mai, negli uffici personali e nella saletta stessa.

"Wolf, Anderson, andate subito a casa Patterson e cercate di spiegargli la situazione, fategli capire che non deve assolutamente uscire di casa! Io nel primo pomeriggio terrò una piccola conferenza stampa con un'emittente che arriverà tra un paio d'ore per chiarire il malinteso alla cittadinanza."

"Subito sceriffo!" risposero insieme Steve e Kate in perfetta sintonia.

Gilbert riprese posto in centralino, Button si chiuse nel suo ufficio a fare altre telefonate e Kate e Steve partirono per casa Patterson sempre schivando il molesto giornalista che ormai aveva rinunciato alla speranza di ottenere una qualche risposta, e li guardava affranto per la delusione della sua mancata intervista…

In quel giardino disfatto e desolato anche i pochi alberi che contornavano il lato posteriore dell'abitazione sembravano urlare e trasmettere la tristezza e l'inquietudine di quella casa e del suo proprietario.

Malati, spogli e con i rami torti da qualche malattia della corteccia, erano lì, come in una fiaba gotica ad incutere un senso di disagio ed angoscia;

era come oltrepassare un confine immaginario, come attraversare uno specchio e ci si ritrovava nell'unico posto dimenticato da Dio di tutta Silver Lake...

Patterson, ancora nel profondo del suo sonno alcolico consumato sul vecchio e logoro divano, non sapeva ne immaginava, che al di fuori della sua tetra dimora, si stesse allestendo un teatro televisivo dedicato interamente a lui, per raccontare l'atrocità di cui era stato accusato di essersi macchiato e che quel posto descriveva alla perfezione.

Nessun altro luogo avrebbe potuto spettacolarizzare al meglio l'intera vicenda, i giornalisti venuti sul posto avevano trovato terreno fertile per la loro telecronaca dell'orrore.

Non vi era nulla di più eccelso per fare audience di una storia tanto crudele e squallida, un uomo emarginato dalla società per il suo stesso volere, che abitava in un luogo tanto cupo e malsano, uccide ferocemente e vigliaccamente un piccolo di cinque anni, lo chiude in un sacco della spazzatura e lo butta in fondo ad un lago bellissimo di una pacifica ed accogliente cittadina del New Hampshire.

Tanto e succulento materiale che avrebbe sfamato migliaia di telespettatori avidi di storie cruente, titoli di giornali stampati a caratteri cubitali, era questo che la gente voleva... era questo a cui le persone prestavano attenzione, come se la morte atroce di un bambino ed il disagio di quell'uomo fossero necessari a questo sporco mondo ad intrattenerlo ed a sfornare soldi con il suo giro di notizie.

Chi poi veramente si sarebbe interrogato sul problema... Chi veramente avrebbe provato pietà e avrebbe fatto qualcosa di concreto per evitare il succedere di altri simili atrocità... Patterson era solo il carnefice? Oppure anche esso vittima dell'indifferenza collettiva, era giusto lasciare qualcuno sprofondare nell'abisso senza provare almeno a tendergli una mano solo perché abbandonato a se stesso?

Quanti altri bambini sarebbero dovuti morire ancora, vittime della violenza e dell'indifferenza di chi per natura stessa sarebbe tenuto a proteggerli... i 'mostri' nascono da soli, o li creiamo noi con la nostra società ormai disturbata?

Di certo tutto questo non sarebbe importato alle decine di giornalisti che si stavano dirigendo verso quella casa fatiscente e così maledettamente perfetta per quella brutta e squallida storia.

Il sole filtrava delicatamente attraverso le tende scure e sgualcite delle finestre al piano terra, le minuscole particelle di polvere che si libravano a migliaia di migliaia nell'aria della stanza che un tempo era stata una sala ben arredata e pulita, fluttuavano lente nel chiarore di quei raggi dorati che andavano ad infrangersi sul rovinato pavimento e sui braccioli del vecchio e consunto divano di velluto, l'unico accenno di vita e colore in quel posto tanto desolato e triste, dove la solitudine si mischiava solo al degrado materiale e spirituale di quella casa e dell'uomo che vi abitava.
Carl era immobile, supino sul divano in preda ad un sonno profondo e pesante che sapeva di Bourbon e di fumo di sigaro, le uniche due cose in grado di anestetizzare la sua radicata e lacerante sofferenza.
Il trambusto che al di fuori stava facendosi più consistente dato dall'arrivo delle troupe televisive non lo aveva ancora svegliato, completamente ignaro di quello che stava accadendo, si girò sul fianco sinistro rivolgendo il viso allo schienale del divano sporco e macchiato di sudore e di residui di cibo.

Si fecero strada tra i giornalisti curiosi ed assetati di risposte, più di una volta Steve dovette mettersi tra Kate ed i microfoni per poter riuscire a percorrere il vialetto che portava alla casa di Patterson, sulla strada quattro furgoni di altrettante troupe televisive si erano già accampati, altri tre giornalisti, ognuno con il proprio cameraman, erano piazzati dentro il 'giardino' ed un quarto stava registrando dietro l'abitazione dove erano state trovate le galline, certo di trasmettere tramite quelle immagini di degrado la giusta dose di sgomento ai suoi telespettatori del notiziario del pomeriggio.
Kate odiava il fatto che sia lei che Steve fossero per forza di cose finiti nelle riprese e nelle case di migliaia e migliaia di persone, lei che amava il suo lavoro nella semplicità e nell'umiltà della riservatezza, che non avrebbe mai voluto un'intervista nemmeno durante un riconoscimento per il proprio lavoro svolto, lei che disprezzava tutta quella spettacolarizzazione che credeva comunque controproducente, era come rendere curioso ed affascinante qualcosa di ignobile, e quando l'ignobile affascina, il rischio di farlo diventare tollerabile diventa probabile.
Bussarono alla porta, Steve era alle spalle di Kate per cercare di non far avvicinare nessun cameraman ma Carl non dava nessun cenno della sua presenza nell'abitazione.
"Non sento nemmeno la tv!" disse Kate accostando l'orecchio alla porta.

"Allora non è in casa, tiene sempre quel maledetto volume alto" rispose Steve mentre cercava di far indietreggiare un operatore televisivo che era salito sulle scalette del porticato.
"Ma chi è!?"
Patterson da dietro la porta, con la sua rauca e ferrosa voce aveva dato prova della sua presenza.
Kate avvicinò di nuovo il viso alla porta per farsi sentire meglio.
"Signor Patterson siamo gli agenti Anderson e Wolf, dobbiamo parlarle con urgenza, ci faccia entrare per favore!"
"Ma di nuovo! Maledizione! Un vecchio non può riposare mai in pace!!"
Con il viso stropicciato ed assonnato aprì la porta, la barba incolta da giorni lo faceva sembrare ancora più trasandato e vecchio, dimostrava molto di più dei suoi 66 anni.
I due ragazzi entrarono veloci.
"Chiuda a chiave la porta Patterson!" disse subito Steve guardando fuori attraverso lo spioncino.
"Cos'è volete barricarvi in casa mia?! Ma che succede?! Chi diavolo è quella gente fuori?!"
La puzza all'interno stava già nauseando sia Kate che Steve, non sarebbero riusciti a resistere per molto senza le mascherine e l'unguento al mentolo che avevano dovuto usare durante la perquisizione.
Con tono tranquillo ed amichevole, Kate si rivolse a quell'uomo irascibile.
"Signor Patterson dobbiamo informarla che purtroppo questa mattina un'emittente locale ha diramato la notizia che lei è l'accusato per l'omicidio di Marcos Deichs."
"Accusato?! Io?!"
Patterson sgranò i lacrimosi ed inespressivi occhi verde palude, prese la bottiglia di Bourbon quasi vuota che era posata a terra all'angolo del divano e mandò giù un bel sorso.
"Tanto vale mettermi alla sedia elettrica!"
Posò la bottiglia a terra e si sedette pesantemente sul divano alzando una nuvola di polvere scura.
"Patterson, nel nostro stato la pena di morte non si applica più dal 1976, può stare tranquillo" gli rispose Steve con tono sarcastico.
"Ascolti" gli disse Kate.
"Lo sceriffo terrà una conferenza stampa oggi nel pomeriggio dove dirà che lei è ufficialmente solo indagato e non accusato e metteremo un bel punto e virgola alla situazione. Ma fino a domattina non deve uscire da

casa, diamo tempo alla gente di apprendere la nuova notizia ok? Qualcuno potrebbe prendersela con lei."
"Prendersela con me?! Gli faccio saltare tutti i denti se si avvicinano!"
"Lei non fa saltare niente a nessuno ok?! La situazione è già complicata così, evitiamo di beccarci anche una denuncia per aggressione Patterson!" rispose Steve.
Kate iniziò a farsi aria sventolando il berretto della divisa, il calore e l'odore fortissimo stava diventando insopportabile, si avvicinò a Carl.
"Non sappiamo per quale motivo sia giunta questa errata informazione ai giornalisti, non abbiamo rilasciato dichiarazioni e non abbiamo parlato con nessuno mi creda" disse dispiaciuta.
"Quel bastardo di Bill!! Ho detto a quel vecchio bastardo che mi avevate arrestato e per quel motivo non ero potuto andare a dargli una mano al box!"
"Cazzo Patterson! Le avevamo detto di mantenere la riservatezza!" irritato Steve si spostò vicino ad una delle due finestre che davano su quello che sarebbe dovuto essere il giardino di quella casa, scostò la impolverata e sgualcita tendina che un tempo doveva essere stata bianca ma che aveva un colore tra il marrone ed il grigio e sospirò guardando fuori i giornalisti concentrati a parlare ai loro microfoni nelle loro tenute eleganti.
"Non se ne andranno fino a stasera questo è sicuro…" rilasciò la tendina, si guardò le mani e si pulì le dita strofinandole sui pantaloni della divisa.
"Kate tu devi andare in tribunale oggi pomeriggio, starò io qui a controllare la situazione, a patto che abbia una cavolo di sedia pulita per stare fuori nel porticato a respirare perlomeno!"
"Casa sua agente Wolf profuma di gelsomino e mughetto immagino…" disse Patterson con disapprovazione mentre finiva di bere l'ultimo sorso dalla sua bottiglia.
"Di certo non puzza come questo posto!"
"Ok Steve!" lo interruppe preventivamente Kate.
"Prima chiamo James per sapere se ha trovato i pezzi della marmitta e poi andrò in tribunale."
"Agente Anderson…" disse Carl assumendo la solita aria disgustosa.
"Sì…?"
"Che auto ha? Io sono un bravo meccanico sa?!"
"Una Ford Torino grigia del 1971"
"Oh… gran bell'auto! Non se ne vedono molte in giro. Ah per Dio che femmina!"

“Patterson!” lo fulminò Steve.

“Non cominciamo! Porti rispetto per una volta!”

“Lascia stare Steve…” rispose Kate.

“Se è un bravo meccanico come dice perché non ha sistemato all’epoca quel trattore lì fuori invece di farlo arrugginire in quel modo?” gli chiese la ragazza, si domandava da tempo perché avesse tenuto fuori quel rottame.

“Era di mia moglie, era un regalo di suo padre per farci ricavare qualche dollaro, ma dopo poco è morto improvvisamente e Lana lo volle tenere per ricordo, dopo che è morta anche lei non me ne sono più curato… agente Anderson…”

Si girò di lato e come non consiglia assolutamente il bon ton sputò a terra, sdegnato per quella domanda non gradita.

“Perfetto signor Patterson, noi adesso andiamo a presidiare fuori, lei stia pure in casa a sputare quanto e dove vuole” gli rispose Kate infastidita da quel gesto maleducato ed incivile.

Portarono fuori con loro due sedie della cucina, su entrambe lo strato di sporco che le ricopriva non avrebbe incoraggiato nessuno a sedersi, decisero di ricoprirle con fogli di giornale recuperati nell’abitazione.

La temperatura a quell’ora si era alzata parecchio ed il porticato fatiscente di quella casa proteggeva Kate e Steve dal rischio di un’insolazione.

Stavano lì, seduti uno vicino all’altro di fianco la porta d’ingresso ad osservare lo sfacelo di quel giardino, i giornalisti si erano per il momento ritirati nei loro furgoni per la pausa pranzo, nessun fast food o ristorante avrebbe potuto sfamarli in quella zona isolata di Silver Lake.

Kate avrebbe mangiato un boccone al volo alla fine del suo turno, mentre Steve avrebbe aspettato l’arrivo di Gilbert a cui era stato chiesto telefonicamente il favore di prendere e portare qualcosa da mangiare all’agente Wolf.

“E così Patterson si è fregato da solo… che imbecille…” si disse Steve pensando a voce alta, aveva sbottonato la camicia, arrotolato le mezze maniche e se ne stava seduto, con le caviglie appoggiate alla ringhiera del porticato, a contemplare l’erba incolta tutta intorno.

“Non sarà stato lucido, non lo è quasi mai…” gli rispose Kate che stava seduta sugli scalini o più precisamente su quello che rimaneva degli scalini, per la metà marci e rotti.

Stava riflettendo su quel dettaglio non considerato nelle indagini, dopo aver rivisto i reperti avrebbe chiesto di poter consultare i tabulati telefonici il più presto possibile…

La saletta era stata sistemata alla buona dallo sceriffo Button e da Gilbert, i tavolini che venivano utilizzati dagli agenti durante le riunioni erano stati accostati in un angolo all'inizio della sala, la scrivania grande che usava lo sceriffo era stata lasciata al suo posto di fronte la lavagna magnetica che veniva utilizzata per mostrare gli schemi di indagine e per le annotazioni.

Button aveva tirato giù uno scritto che avrebbe letto durante la conferenza stampa dove dichiarava che le informazioni divulgate dai giornalisti non corrispondevano a verità a causa di una fuga di notizie errata, e puntualizzava la posizione di Carl Patterson come indagato e non come accusato dell'omicidio di Marcos Deichs.

Avrebbe voluto fosse mantenuto il riserbo sulle indagini a carico di quell'uomo ma nella situazione che si era venuta a creare non aveva dato altra possibilità che renderle ufficiali.

Nella sua carriera questa era la seconda volta che organizzava un incontro con i giornalisti per chiarire una situazione controversa, 10 anni prima, in servizio in un'altra città, aveva dovuto intervenire per chiarire la posizione di un suo agente che, durante un intervento a casa di uno spacciatore di droga, era stato accusato erroneamente dai media di aver ferito la figlia di 11 anni, quando invece dalle indagini era emerso, come lo stesso agente sosteneva, che il proiettile apparteneva all'arma in possesso dello zio della ragazzina che era presente ed aveva preso parte allo scontro a fuoco nell'abitazione dopo l'irruzione degli agenti.

Aveva sentito telefonicamente l'agente Wolf ed aveva appreso da dove fosse scattata la fuga di notizie, non si era meravigliato che Patterson nonostante le raccomandazioni fattegli si fosse lasciato scappare qualcosa, d'altronde nelle sue condizioni psichiche alterate dall'abuso costante di alcool non si potevano avere grandi aspettative nei suoi confronti.

Mancava pochissimo alla registrazione, la giornalista dell'emittente contattata da Button attendeva in sala d'aspetto all'ingresso della centrale insieme all'operatore televisivo che lavorava con lei, era parecchio giovane e visibilmente elettrizzata per l'imminente intervista che avrebbe realizzato, forse alle prime armi, voleva darsi da fare per farsi notare nel mondo del giornalismo in fretta.

Gilbert era nella sua postazione al bancone dell'ingresso a sistemare alcuni documenti, mentre lo sceriffo si concedeva una sigaretta nel suo ufficio controllando lo scritto che avrebbe letto da lì a pochi minuti.

Il telefono del centralino squillò per la milionesima volta della giornata.

"Polizia di Silver Lake."

“Gilbert, sono Anderson.”
“Oh dimmi Kate, stiamo per iniziare con la conferenza stampa.”
“Perfetto, io mangio un boccone e poi vado in tribunale per riesaminare i reperti, puoi avvisare Button?”
“Certo Kate.”
“Ok grazie, a domani!”
Riattaccò e vide arrivare lo sceriffo, era giunto il momento di andare in saletta per la conferenza.
“Sceriffo ha chiamato l’agente Anderson, mi ha chiesto di dirle che sta per andare in tribunale a riesaminare i reperti del caso Deichs.”
“Ottimo Gilbert.”
Button si voltò verso la giovane giornalista che silenziosamente stava attendendo e le fece cenno di seguirlo.
“Hai abbastanza batteria in camera?” chiese a bassa voce la ragazza al cameraman che la seguiva lungo il corridoio che portava in saletta.
“Sì, dobbiamo registrare più del previsto?”
“Adesso no, ma chissà che dopo non ci esca un altro pezzo…!”

L’odore nauseante che aveva respirato in casa Patterson ed il caldo incessante le avevano tolto l’appetito, ciò nonostante visto che non era da lei saltare il pranzo si sforzò di mangiare la porzione di torta salata che le era rimasta dalla sera prima e che aveva tenuto in frigorifero dentro il contenitore in plastica fiorato “ereditato” da sua madre, quel contenitore aveva una lunga storia fatta di gite in campeggio e spuntini fuori porta.
Seduta alla penisola della cucina e tra un boccone e l’altro decise di telefonare a James per aver notizie della sua amata auto.
“James ciao sono Kate!”
“Oh ciao Kate! Giusto te, ti avrei chiamata nel pomeriggio, ho trovato la marmitta! Mi arriva domani mattina tramite corriere.”
“Sei stato velocissimo! Come hai fatto?”
“Ho un cliente che conosce dei collezionisti d’auto d’epoca e con qualche giro di chiamate l’abbiamo trovata in Massachusetts!”
“Sei un grande!”
“Ti chiamo appena è pronta ma dovrei iniziare a montarla domani nel pomeriggio.”
“Grazie mille James.”
“Allora ci sentiamo, ciao Kate!”
Finalmente avrebbe potuto riportargli indietro la macchina di cortesia che

proprio non le piaceva, il solo non poter inserire le marce manualmente la faceva sentire insoddisfatta, le toglieva il piacere della guida, quella sensazione di pieno controllo sul motore che le dava estrema soddisfazione.

Finita la chiamata e l'ottima torta salata di sua invenzione, prese la cartellina che conteneva il dossier sul caso Deichs e uscì di casa per recarsi all' Ufficio Corpo del Reato del tribunale di Silver Lake.

L'intervista era terminata, lo sceriffo aveva egregiamente dato tutte le spiegazioni ed i chiarimenti necessari a stabilire la posizione di Carl Patterson, sarebbe comunque stato visto male dalla cittadinanza, ma almeno nessuno avrebbe potuto etichettarlo come assassino certo.

Nessuno con colpevolezza di reato accertata sarebbe potuto esser lasciato in libertà, e questo doveva essere ben chiaro a tutti gli abitanti della città, per la loro incolumità e per il rispetto della legge.

Button salutata la giornalista e sistemata la saletta riunioni tornò al suo lavoro di ufficio, ma mentre si apprestava a firmare alcune carte Gilbert lo avvertì della visita di una donna di nome Hariet Williams che chiedeva di poter parlare con lui.

Il colloquio fu breve ma positivo per quella donna tanto preoccupata, lo sceriffo si era promesso di aiutarla nell'immediato per trovare uno stallo per Trudy e le aveva dato alcuni contatti che avrebbero potuto aiutarla concretamente per quanto riguardava la difficile situazione lavorativa e di gestione del pignoramento della fattoria.

Aveva sentito davvero l'appoggio da parte di quei due giovani agenti e dallo sceriffo che sarebbe ritornata con un pensiero, avrebbe portato un cesto ciascuno con i migliori prodotti della loro fattoria in segno di riconoscimento e gratitudine per la gentilezza ed umanità che avevano avuto nei suoi confronti.

Una delle pochissime cose che riusciva ad apprezzare di quell'auto era l'aria condizionata che risultava una benedizione in giornate roventi come quella.

Radio East Coast stava trasmettendo una rubrica dedicata alle dichiarazioni d'amicizia e d'amore lasciate in segreteria dagli ascoltatori più originali, chi con una delicata poesia, chi recitando qualche verso famoso o chi si buttava ad improvvisarsi cantante, ma tutti assolutamente felici di quello che stavano dichiarando alle persone a cui volevano bene.

Sorrise mentre sterzava verso la Castle Street ed improvvisamente quel sorriso si tramutò in un pensiero veloce a Steve, forse tutte quelle dichiarazioni le avevano fatto sentire quanto in realtà avesse bisogno di qualcuno a cui volere bene anche a Silver Lake, tutti i suoi amici e la sua famiglia erano ad Atlanta e lei in quella cittadina non aveva nessun vero legame, Steve era l'unica persona a cui aveva iniziato ad affezionarsi…

Prese le cuffie e durante la sosta ad un semaforo le inserì nel cellulare, Steve era in presidio da Patterson da solo e sicuramente non se la stava spassando.

Rispose col tono di voce di un'anima dell'oltretomba…

"Pronto… Anderson…"

"Wow che vitalità Wolf!"

"Sto per diventare un bradipo qui fuori, mummificato dal caldo su questa lurida sedia."

"Fatti un giretto intorno alla casa."

"Già fatto, infatti sono rimasto estasiato dalle magnificenze e dalla bellezza di questo stupendo posto, dentro casa e fuori in giardino un letamaio, e dietro casa un altro stupendo letamaio…"

"Usa l'immaginazione Steve!" sorrise dall'altra parte del telefono.

"Non ci vuole immaginazione qui Anderson, ma fantascienza!"

Anche da annoiato aveva sempre la battuta pronta.

"Ah Steve ci vuoi proprio tu in queste situazioni! Sei uno spasso!"

"Comunque quello sporcaccione si dev'essere addormentato, sento russare fino a qui fuori, sembra di presidiare la tana di un orso Grizzly!"

"Io sono quasi arrivata in tribunale, a che ora smonti?"

"Alle 20,00… se ci penso mi sento male!"

"Ti ci voleva un libro, te ne presto qualcuno se vuoi."

"Spero di non dover controllare Patterson a vita."

"No che c'entra, intanto tu inizi a prendere la buona abitudine di leggere, vedrai che poi un libro in auto lo tieni, in una situazione del genere ti sarebbe venuto comodo!"

"Mah proverò Anderson…"

"Sono arrivata Steve, ci sentiamo stasera se non sei troppo stanco?"

"Ok!"

"Buon proseguimento allora!"

"Spiritosa… buone indagini Anderson!"

Riattaccò e parcheggiò l'auto nel grande piazzale.

Per quanto piccolo in confronto a quello di Atlanta, il tribunale di Silver Lake aveva sempre e comunque quell'aspetto severo, con le sue grandi porte lavorate, con i suoi sofisticati sistemi di sorveglianza ed i suoi echi prodotti dalle spaziose stanze.

Dopo la grande scalinata, che portava dal portone d'ingresso sorvegliato dal personale di vigilanza e dai metal detector, si arrivava al centro di un immenso salone di forma ottagonale dallo stile antico, impreziosito da dipinti e decori di pregio.

Nel mezzo una imponente e bellissima statua della Dea della Giustizia sembrava richiedere rispetto a chi varcava quel posto creato dagli uomini stessi per tutelare i loro diritti.

I Romani la chiamavano Justitia, con gli occhi bendati per ricordare l'imparzialità della legge e con la spada e la bilancia, simboleggiava il diritto e la giustizia in quanto inflessibile punitrice dei delitti, stanca dei misfatti degli uomini mortali.

Kate affascinata da quella figura femminile così imponente, non poteva che pensare a quanti crimini nel mondo dall'avvento dell'umanità erano passati impuniti nonostante le 'tutelanti' leggi umane...

Si diresse verso il corridoio dove si trovava l'Ufficio Corpo del Reato, fornite le generalità e firmati alcuni documenti fu lasciata entrare in una stanza presidiata da un'agente.

All'interno un grosso tavolo, due sedie e nient'altro.

Sul tavolo le era stato messo lo scatolo etichettato e sigillato che conteneva i reperti del caso Deichs, rotti i sigilli ed indossati i guanti si sedette ed iniziò a tirare fuori le poche cose che conteneva.

Messi da parte i documenti che comunque lei già aveva nel suo dossier (esami tossicologici, foto del luogo del ritrovamento, foto del corpo di Marcos, altri esami autoptici) rimasero i reperti organici, imbustati uno ad uno.

I resti di Marcos erano stati ritrovati all'interno di un sacco nero per l'immondizia di grande dimensione, di quelli venduti in tutti i supermarket degli Stati Uniti in grandi quantità, nessuna marca, nessun segno che ne contraddistingueva il produttore o il distributore, impossibile quindi stabilirne con precisione il negozio e l'acquirente.

Nessuna impronta era stata rilevata sulla superficie sia interna che esterna, l'estremità era ancora chiusa dal laccetto trasparente fornito dallo stesso sacco, l'acqua del lago era filtrata all'interno sia prima che durante il ritrovamento, infatti il sacchetto era stato danneggiato dal fondo del lago ricco di pietre taglienti.

La prima giornata di ricerche non aveva dato nessun risultato, questo faceva pensare che il corpo di Marcos, ritrovato dieci giorni dopo nello stesso posto delle ricerche scattate nell'immediato, era stato gettato in quelle acque nel periodo di tempo che comprendeva dal secondo al nono giorno dalla scomparsa.

Il corpo era completamente bruciato, erano rimaste solo le ossa per maggior parte carbonizzate, non si poteva risalire al giorno preciso della morte, vestiti, tessuti organici erano stati consumati completamente dal fuoco.

Solo quelle povere ossa avrebbero potuto raccontare qualcosa se non fossero state devastate in quel modo dal calore…

Per prima cosa esaminò attentamente i piccolissimi frammenti di tessuto che erano rimasti su una delle due tibie ed alcuni minuscoli pezzettini di plastica bruciata che appartenevano alla scarpina che si era completamente fusa sulle ossa del piedino.

Durante ogni ispezione fatta alla lente, Kate comparava quello che vedeva alla fotografia della singola parte dei resti del corpo del piccolo…

Quelle foto erano un insulto ed un colpo al cuore, anche l'animo più insensibile alla vista di quelle immagini strazianti si sarebbe commosso ed indignato.

Esaminò minuziosamente ogni foto fino ad arrivare a quella fatta al corpo intero ed a quella che ritraeva ciò che rimaneva di quel visino dolcissimo e crollò, scoppiò in un pianto profondo e soffocato, dentro di lei si era rivolta a Dio decine di volte, si era chiesta il perché di tutto quel male nel mondo sapendo che nessuno avrebbe potuto darle una vera risposta.

Jude aveva visto il suo bambino ridotto in quelle agghiaccianti ed oscene condizioni, lei che gli aveva dato la vita e che lo aveva nutrito e cresciuto, quante volte, distrutta dal dolore si sarà chiesta se lui avesse sofferto, se avesse avuto paura, se l'avesse chiamata terrorizzato invano, se prima di morire avesse cercato l'abbraccio della sua mamma…

Quando Kate pensava a tutto questo sentiva crollarle il mondo addosso, si sentiva ferita, impotente, devastata, sentiva di far parte della razza più meschina e crudele dell'intero creato.

Si asciugò le lacrime con il dorso del braccio e annotò alcuni appunti su di un blocco, dopodiché iniziò ad ispezionare il grande sacco nero.

Tutto questo era già stato fatto nelle ore successive al ritrovamento del corpo dalla scientifica, Kate e Steve avevano dato un'occhiata veloce ai reperti ed avevano concentrato le indagini sulle dichiarazioni rilasciate dal coroner e su quanto appurato dagli esami della scientifica, questa era la prima vera ispezione accurata e completa che faceva.

Passò la maggior parte del tempo proprio su quel reperto che in fondo era stato l'involucro in cui era stato 'custodito' il corpo del piccolo fino al giorno del suo ritrovamento; vi erano diversi tagli, il fondo del lago era pieno di pietre appuntite che avevano provocato con l'aiuto della corrente diversi strappi in vari punti.

Le superfici esterne ed interne erano sporche dei residui organici del lago, anche per questo si era ipotizzato che il momento dell'abbandono del corpo non era stato molto lontano dal momento della scomparsa, l'intaccare e lo svilupparsi dei microrganismi sul sacco e sulle ossa era avvenuto in almeno un paio di giorni.

Al momento del ritrovamento erano state usate delle forbici per aprire completamente l'involucro che conteneva i resti del bambino, la chiusura fatta con il laccetto di plastica trasparente era rimasta intatta, e fu proprio lì che Kate concentrò la sua massima attenzione.

Mentre Kate si dava alla disperata ricerca sui reperti e Steve presidiava casa Patterson, in città le chiacchiere erano totalmente concentrate sul caso Deichs.

L'intervista sarebbe stata trasmessa durante il notiziario delle 18,00 e fino a quel momento, per tutti, l'assassino sarebbe continuato ad essere unico e solo Carl Patterson, con tutto il suo carico di disprezzo verso la vita e la società che lo circondava e che lo aveva già condannato senza nemmeno avergli concesso il beneficio del dubbio ad essere il 'mostro' di Silver Lake.

Gli stessi che il giorno in cui sparì il piccolo Marcos ricordavano di averlo visto per tutta l'intera giornata al porticciolo ad aiutare il suo amico, puntavano il dito su di lui, certi delle loro accuse, come se quel 'Dio' chiamato tv fosse l'oracolo della verità assoluta…

7

Il laccetto trasparente era talmente sottile che non vi era stato bisogno di slegarlo, non si sarebbe potuta rilevare alcuna impronta su di una superficie tanto stretta e sottile. Nonostante tutto questo fosse ben documentato sui dossier rilasciati dalla scientifica, Kate decise di slegarlo aiutandosi con delle minuscole pinzette che aveva richiesto al personale lì presente.

Era un lavoro parecchio difficoltoso, l'estremità del sacco era stata stretta molto forte ed il laccetto di plastica era stato girato più volte su se stesso prima del nodo di chiusura.

Decise di tagliarlo, non avrebbe potuto fare altrimenti, questa nuova operazione sarebbe comunque stata documentata sul dossier che lei stessa avrebbe rilasciato alla fine del riesamino dei reperti, come ulteriore e nuovo esame per le indagini.

Tagliato, il laccetto fu preso con le pinzette ed ispezionato sotto la luce e la lente d'ingrandimento, non vi era nulla di particolare, anche l'occhio più esperto lo avrebbe riposto in fretta senza considerarlo, ma Kate, proprio nel momento in cui decise di metterlo nella bustina in plastica che le avevano fornito si fermò e tornò a guardarlo sotto la lente.

Il nodo finale, quello che conferiva al laccio di plastica la classica forma a fiocco era in realtà fatto da tre piccoli nodi uno successivo all'altro, il laccetto era stato annodato tre volte e non una, una procedura assolutamente normale per poter conferire resistenza alla chiusura, ma in quel caso specifico… non per Kate…

"Tre nodi…"

Come in un flashback ricollegò quella sequenza di tre nodi ai tre nodi che aveva notato sul portachiavi della signora Mcduder quel giorno al parcheggio del centro commerciale.

"Tre nodi… tre piccoli nodi, tre piantine di tre colori uguali sulle scalette del porticato, tre nodi sul portachiavi."

Si chiedeva se stesse facendo dei collegamenti senza alcun senso, se fosse tutto casuale o se davvero quella sequenza fosse il frutto di un tic o un disagio psicologico riconducibile magari alla sindrome di disordine ossessivo compulsivo ed alla Paroxetina.

Quei tre nodini erano stati fatti casualmente o erano il frutto di una ripetizione radicata nella persona che aveva ucciso Marcos?

E quelle sequenze di tre della signora Mcduder erano anch'esse casuali oppure no, potevano tutte quelle cose essere collegate tra loro?

Kate non riusciva a credere ai suoi stessi pensieri, era sconcertata, confusa, era possibile un collegamento o stava ipotizzando qualcosa di assolutamente irreale ed assurdo?

La signora Mcduder… non era possibile… troppo dolce, troppo esile, troppo impensabile che fosse l'assassina di Marcos, e poi lei amava quel bambino e Jude, ed al momento della scomparsa era con loro in giardino.

Che stesse esagerando? Che tutta questa storia l'avesse presa al punto di non essere più razionale e vedere cose che non esistevano? Non riusciva a credere a quello che lei stessa stava supponendo.

Prese il maledetto laccetto, scattò un paio di foto con una speciale macchina fotografica utilizzata per gli ingrandimenti che aveva portato con sé e lo imbustò allontanandolo dalla sua vista, si stava chiedendo se quel caso, se quello che le era successo dentro quella banca di Atlanta non l'avessero toccata al punto di farle perdere la sua preziosa razionalità, quella stessa razionalità che era tutto nel suo lavoro e che non poteva permettersi di compromettere.

Finì di ispezionare completamente il sacco e scrisse il nuovo dossier su gli esami appena fatti e sui tre nodini trovati nel laccetto, non riusciva a non pensare a quel portachiavi, a quella sequenza di fiori ed al fatto che tutto, fatalmente, si andava ad aggiungere all'altra intuizione che aveva avuto la sera che era andata al lago a ripercorrere la vita di Jude…

Il giorno della scomparsa di Marcos, subito dopo che Jude e la signora Mcduder si accorsero che il piccolo era sparito, Jude corse in casa a chiamare aiuto al 911, la Mcduder non la seguì, ma come aveva dichiarato andò nella sua abitazione a chiamare anch'essa i soccorsi, perché…

Perché non era andata con Jude? Per quale motivo l'avrebbe lasciata sola in un momento tanto critico per andare a fare una seconda chiamata da casa sua? Era questo a cui Kate aveva pensato quella sera. Era questa, forse, una delle domande giuste che si era posta...

Doveva scoprire se le due chiamate erano state fatte a poca distanza di tempo una dall'altra o meno, se l'allontanamento della signora Mcduder era servito a chiamare tempestivamente i soccorsi o le era servito a prendere tempo per altro.

Le ripetizioni del tre, l'allontanamento dal luogo della scomparsa, tutte quelle supposizioni non avrebbero di sicuro provato nulla e non le avrebbero dato la possibilità di richiedere una perquisizione o un interrogatorio, avrebbe dovuto trovare lei il modo di scoprire di più sulla vita di quella donna e sapere se aveva detto tutta la verità o nascondeva qualcosa di veramente importante...

Uscita da quella stanza consegnò la scatola con tutti i reperti riposti ed imbustati, i documenti, la nuova relazione da lei scritta e firmò ancora alcune carte, avrebbero di nuovo sigillato tutto e conservato nel grande archivio di fianco.

Sistemò velocemente il contenuto della sua cartellina strapiena e si avviò verso l'uscita dell'ufficio, ma appena oltrepassata la porta, nel corridoio che portava al salone ottagonale, la stessa giornalista che aveva intervistato Button le si avventò contro.

"Buonasera! Sono Rebecca Haley la giornalista che ha realizzato la conferenza stampa con lo sceriffo, vorrei farle qualche domanda sulle indagini del caso Deichs!"

"Come ha saputo che mi trovavo qui?! Non rilascio nessuna dichiarazione su nessun caso!"

"State rivalutando le indagini se lei si trova qui giusto?"

"Le ho appena detto che da me non avrà nessuna informazione, il suo lavoro lo ha svolto oggi con lo sceriffo Button! Mi lasci in pace!"

Stava iniziando ad innervosirsi, la giornalista era sola, il suo cameraman non era riuscito ad entrare con la telecamera ma nonostante questo non la lasciava passare ostacolandole il cammino.

Kate si scostò energicamente e nel farlo scontrò la cartellina contro il braccio della ragazza sparpagliando parte dei fogli e delle foto che conteneva sul pavimento.

"Non tocchi nulla!"

Si abbassò veloce a recuperare foto e fogli, ma non abbastanza in tempo da evitare che la giornalista prendesse due foto che ritraevano i resti carbonizzati del piccolo Marcos.

"Me le dia subito!"

"Oh santo cielo… questo è il cadavere di Marcos Deichs?!"

Kate ormai del tutto imbestialita le strappò le due foto dalle mani.

"Ma che diavolo crede?! Che un indagine per omicidio sia un gioco?! Lei non ha visto proprio nulla mi creda!"

"Ma io…"

Kate la interruppe senza alcuna riserva.

"Se questa foto l'ha turbata non può di certo immaginare che cosa si prova a dover vedere con i propri occhi uno scempio del genere! Scriva questo! Nel suo articolo scriva di che cosa si prova a dormire la notte dopo aver visto simili atrocità!!"

La rabbia che provava in quel momento era fortissima, per quanto rispetto portasse al diritto d'informazione non poteva accettare la violazione della sua privacy e, soprattutto, la violazione alla memoria di Marcos e delle immagini che ritraevano il suo corpicino straziato.

"Quando voi giornalisti metterete anche un po' di rispetto nelle vostre interviste e nei vostri articoli, allora forse avremo un'informazione più giusta!"

La ragazza a quelle parole così dirette e dure si irrigidì.

A quel punto Kate abbassò i toni.

"Lei è molto giovane, si ricordi una cosa che potrà fare la differenza nella sua vita lavorativa, l'amore per il proprio lavoro non deve mai calpestare l'anima di nessuno, solo così sarà pulito ed apprezzato veramente se lo ricordi…"

Rimise le foto nella cartellina e se ne andò verso l'uscita.

La giornalista rimase lì, senza proferire parola a guardare quella giovane poliziotta, che in un giorno qualsiasi d'estate, le disse una delle cose più importanti della sua vita… una delle cose che un giorno l'avrebbero resa la grande giornalista che sarebbe stata…

Quegli occhioni blu guardavano sopra di lei attraverso l'acqua la luce del sole, quella meravigliosa e vivifica luce di vita, quella stessa luce che ci accoglie fin dal primo istante della nostra esistenza.
Era la stessa luce che l'aveva accompagnata nelle sue corse nei campi di grano, nei suoi giochi di bambina felice.
Man mano che le forze l'abbandonavano, lì, dentro le acque fredde del lago, quella luce di vita si allontanava sempre di più lasciando posto al buio abissale e senza alcun suono del fondo del lago Ferguson.
Come la discesa in un abisso senza fine, con le mani protese a quella superficie luminosa sempre più distante ed il resto del suo corpicino spinto sempre più nel profondo, Emily, stava cercando di salvare la sua vita. La sua veste bianca ed i suoi lunghi capelli scuri sembravano danzare nell'immensità di quelle acque come un angelo ferito, in un cielo nero, solo, che lottava per ritornare.
Poi il freddo, il buio ed il silenzio, quel corpicino ormai abbandonato a sé che discendeva lentamente nelle profondità…
Per quanto fosse stata giovane la sua vita, la consapevolezza della fine l'aveva sentita guardando impotente quella luce che l'abbandonava ed il suo ultimo pensiero fu per lei, la sua mamma, che caduta in un sonno profondo non sapeva che la sua bambina l'aveva lasciata per sempre.
Al suo risveglio una pace surreale avvolgeva tutta quella bellezza, tutta quella natura che cresceva e viveva intorno al suo lago, ma il fascino di quelle acque aveva tradito l'innocenza di Emily portandola via con sé, e quella colpa avrebbe logorato l'anima di quella madre per l'eternità…

Nella tranquillità della sua casa il dubbio l'attanagliava, avrebbe voluto raccontare subito tutto a Steve e forse sentirsi dire che poteva avere anche dei giusti sospetti, ma era combattuta tra il rivelare le sue supposizioni o aspettare il giorno seguente e vedere cosa i tabulati avrebbero riportato.

Si buttò di peso sul divano, quella giornata quasi finita era stata parecchio impegnativa come d'altronde l'intera settimana dopo più di un mese e mezzo di calma piatta.

Forse la morte di Jude aveva innescato un effetto domino che stava facendo venire lentamente a galla piccole verità nascoste.

Forse la sua anima adirata stava cercando giustizia attraverso il cuore buono di Kate, lei non credeva nei fantasmi come nemmeno nei messaggi tra i defunti ed i vivi, ma quei sogni l'avevano portata a domandarsi se potesse esistere qualcosa nella morte o se la sua suggestione fosse tanto creativa.

Decise di tenere ancora un po' per sé i dubbi sulla Mcduder, al momento opportuno, sempre se ci fosse stato, ne avrebbe parlato prima con Steve.

A quell'ora il turno di presidio da Patterson era finito, il notiziario aveva trasmesso l'intervista a Button e gli animi in parte si erano placati, anche se l'inimicizia della gente verso l'uomo più sinistro di Silver Lake non sarebbe finita di certo quella notte.

Chiamò Steve come promesso, gli disse che cosa era successo con quella giornalista e che aveva trovato i tre nodini nella chiusura del sacco, per lui quel dettaglio non riconduceva a nulla, passarono una mezz'ora a chiacchierare come due buoni amici, consapevoli entrambi di quanto quella amicizia si stesse trasformando in un'affinità gelosamente tenuta nascosta da tutti e due.

Ed un altro giorno si concludeva per Kate, pur sempre lontana dalla sua famiglia ma più forte, più decisa, più convinta di dovere e volere lavorare bene per la sua nuova città, la sua casa ormai sistemata rispecchiava il suo nuovo io, aveva trovato posto per le sue cose ed i suoi libri come aveva trovato finalmente posto per la sua anima.

Quella stessa notte, come centinaia di altre notti, qualcun altro, attraverso quella che sarebbe dovuta essere la finestra della sua stanza, guardava perdendosi sognante, nel chiarore di quella luna splendente e sconosciuta, chissà cos'altro poteva esistere al di là di quel ritaglio di cielo, di quel pezzetto di oltre, se lo chiedeva da sempre, se lo chiedeva da tutta una vita…

La mattina iniziò molto presto per Kate, aveva il turno di servizio e nel pomeriggio sarebbe andata alla compagnia telefonica con la richiesta per avere i dettagli delle chiamate del giorno della scomparsa del piccolo Marcos, sia del numero fisso di Jude che del numero fisso della Mcduder.

Aveva anche già fatto richiesta al centro del 911, le avrebbero inviato via fax sempre nella mattinata il dettaglio delle chiamate ricevute quel giorno dalle due utenze interessate, il confronto era obbligatorio per poter escludere eventuali incongruenze, non voleva tralasciare nulla.

Si preparò un bel caffè caldo che accompagnò con un pancake farcito alla crema, posò la tazza dopo pochi sorsi e si voltò verso la finestra, l'erba del giardino del signor Ross doveva essere già cresciuta, oppure la nevrosi che sfogava con il suo tagliaerba era di nuovo e per l'ennesima volta alla ribalta visto il rumore che ad intermittenza proveniva da fuori, probabilmente stava controllando che fosse tutto pronto per poter attaccare puntuale alle 07,30 con il suo solito odioso ed irritante passatempo.

Si preparò ed uscì, da quello che gli aveva detto James la marmitta sarebbe stata montata in giornata se il corriere avesse rispettato i tempi di consegna, non vedeva l'ora di poter riprendere la sua auto.

Il turno di servizio si svolse nella tranquillità più totale, oltre ai due soliti giri di pattuglia lei e Gilbert andarono a controllare casa Patterson per assicurarsi che l'assedio da parte dei giornalisti fosse finito, non vi era più nessuno nei pressi dell'abitazione, tutto era calmo e scandito dalla solita routine.

Steve era rimasto in centrale a litigare con la stampante che aveva deciso di fare i capricci, sembrava che tra lui e gli apparecchi elettronici non ci fosse mai stata una buona intesa.

Kate e Gilbert rientrarono in centrale, e verso la fine del turno e più precisamente alle ore 13,42 il fax fischiò e stampò il tanto atteso dettaglio delle chiamate ricevute al 911 dalle due utenze richieste da Kate il giorno della scomparsa di Marcos.

"Anderson il tuo fax!" gli urlò Steve tirando fuori il foglio dalla fessura dell'apparecchio.

"Eccomi!"

Si avvicinò, prese il foglio dalle mani di Steve ed ansiosa esaminò il documento…

"Ventisei minuti?? Ha mentito…"

Cercò di contenersi e di non lasciar trasparire troppo il suo stupore, ma Steve la fissò con sguardo interrogativo.

"No, non è normale… non si fa una chiamata di emergenza al 911 dopo ventisei minuti…" pensò tra sé mentre riguardava i dati scritti su quel foglio.
"Tutto ok Anderson?" le chiese Steve.
"Tutto ok, ma dopo ti devo parlare…"
"Ok" gli rispose, aveva capito che qualcosa non andava e qualunque cosa fosse, Kate non voleva farlo sapere a nessun altro in centrale.
Ripose il foglio nella sua borsa.
"Cosa fai, vai a pranzare a casa o ti va di mangiare insieme al Rosy Diner?" gli chiese Kate.
"Se gli hamburger sono buoni io ci sono!"
"Sono ottimi Steve!"
"Ok per il Rosy Diner Anderson!"
Aveva deciso di sottoporre a Steve tutti i suoi dubbi, i tre nodini del fiocco ipoteticamente riconducibili alle ripetizioni dei tre nodi del portachiavi e delle piantine sugli scalini del porticato, e quella chiamata d'emergenza fatta nonostante fosse con Jude da casa Mcduder ben ventisei minuti dopo la chiamata della giovane mamma.
Chiunque con un minimo di buon senso, a quel punto, si sarebbe posto degli interrogativi seri, ne era convinta, se quella donna non era l'assassina di Marcos, di sicuro sapeva di più. Cosa stava nascondendo… le medicine a casa Deichs erano le sue? Aveva mentito anche su quello come per la telefonata?
Di certo non avrebbero scoperto nulla chiedendogli spiegazioni, ed il rischio di creare allarmismo nella donna con conseguente pericolo di depistaggio da parte della stessa era troppo alto.
Arrivati al Rosy Diner, Steve ordinò due grossi e super farciti hamburger ed un piatto di croccanti e dorate patatine fritte, Kate invece prese un insalata di pollo e delle patate al forno speziate.
"Che tristezza Anderson, l'insalata?"
"Be, con petto di pollo alla griglia, è buonissimo!"
"Sì ma vuoi mettere con questi due mega hamburger? Senti che profumo!"
"Non mi convertirai, ho deciso di mangiare sano!"
Steve, con un morso degno delle fauci di una tigre, si portò alla bocca l'hamburger ed assaporò il primo boccone gustoso.
"Ah… paradisiaco!"
Anche Kate iniziò a consumare il suo pranzo, mangiare con Steve era distensivo, riusciva a rendere comico anche il solo condire le patatine fritte

con la maionese.

"I bambini si imbrattano meno Steve!"

"Imbrattato è sexy!" sorrise.

"Ah se lo dici tu!" rispose Kate divertita.

Quel sorriso…la luce che emanavano gli occhi felini e profondi di Steve quando sorrideva le scaldava l'anima.

Verso la fine del loro pranzo arrivò anche il signor Taylor, prese posto alla cassa e con un cenno della mano salutò Kate che stava seduta con Steve al suo solito tavolo di fianco alla vetrina.

"È un veterano lo sai?" gli disse Steve versandosi del the freddo.

"Oh sì lo so, ed è un brav'uomo…"

"Quello sicuro, mica come Patterson." rispose Steve.

"Lasciamo perdere Patterson per un istante, facciamo finta che lui non esista e che la scarpina di Marcos non sia mai stata rinvenuta ok?" gli disse Kate.

Prese il foglio con i dettagli delle chiamate ricevute dal 911 e gliele mostrò, poi gli raccontò dei tre nodi e delle ripetizioni di tre che aveva notato…

"Non so cosa pensare Anderson… magari aveva il mal di pancia ed è corsa in bagno…"

"Cosa Steve?"

"Sto scherzando."

"Ti dico che quella donna nasconde qualcosa, ed io lo scoprirò!"

"Ma Button non ti rilascerà mai un mandato con solo queste due supposizioni, non abbiamo nessuna prova a suo carico."

"Lo so Steve, per questo indagherò e gli porterò le prove di cui ha bisogno!"

"E come? Non vorrai metterti nei guai Anderson?!"

"No, non voglio mettere a repentaglio il mio lavoro a meno che non sia sicura di quello che faccio, stai tranquillo."

"Stai attenta… e nessuna mossa azzardata, parlamene prima ok?"

"Va bene Steve…"

Ma Kate aveva già in mente che cosa fare…

Come volevasi dimostrare, i tabulati della compagnia telefonica non facevano altro che confermare i dettagli delle chiamate ricevute dal 911, ventisei minuti e dodici secondi dividevano le due telefonate, questo era il

tempo che aveva impiegato la signora Mcduder per percorrere 150 metri e
per comporre un numero di tre cifre sulla tastiera del suo telefono, troppi
per una situazione di emergenza.
Seduta all'interno dell'auto di cortesia, Kate fissava quei fogli e pensava a
come trovare il modo di entrare in confidenza con quella donna, voleva
riuscire ad entrare ancora nella sua casa, ma non nelle vesti dell'agente
Anderson ma come Kate, da civile ed in amicizia.
Forse adesso, con il senno di poi sarebbe riuscita a notare o trovare
qualcosa di sospetto in quella casa apparentemente così perfetta, Steve non
sapeva di questa sua idea, non si era sentita di dirglielo prima di lasciarlo
poco prima dell'ingresso dell'ufficio della Line State Telephone.
La mattina seguente sarebbe stata di riposo e con una scusa avrebbe
cercato di farsi invitare in casa Mcduder…

Le probabilità di trovare in casa la signora Mcduder non erano calcolabili,
si era svegliata presto, aveva fatto colazione ed indossato la sua tenuta da
jogging, il primo tentativo sarebbe scattato alla mattina per le 8,30 nella
speranza di trovarla ancora in casa prima della quotidiana uscita per la
spesa, se non ci fosse stata avrebbe riprovato per le 12,30 sempre fingendo
un malore durante il suo allenamento…
Prese l'auto di cortesia e si diresse verso casa Mcduder, non avrebbe
parcheggiato vicino, voleva far intendere alla donna che veniva dal suo
allenamento e così decise di lasciare l'auto poco prima di casa Patterson,
lontana da occhi indiscreti.
Per rendere il tutto più reale corse a velocità sostenuta nei dintorni per
circa dieci minuti, il battito accelerato ed il lieve sudore avrebbero creato
lo stato affannoso di cui aveva bisogno per recitare il suo 'malore'.
"Ok Kate…" si disse decisa.
"È il momento…"
A passo veloce e con una mano sul fianco sinistro si immise nel vialetto
che portava alla casa della donna, arrivata sulle scalette del porticato non
poté non notare le piantine disposte a tre sui gradini, tutte dello stesso
colore per ogni livello.
"Si, questa non può che essere ossessione…"
Suonò alla porta.
Quasi immediatamente la voce della donna pronunciò con dolcezza un
"Arrivo" appena udibile.
Kate aspettava ansiosa e perfettamente 'sofferente' sullo stipite della porta.

“Bene, è in casa…” pensò.

Aprì la porta dopo aver girato tutte le mandate di ben tre serrature, era pronta per uscire, con la borsa ed il carrellino per la spesa che usava sempre.

“Buongiorno signora Mcduder…” ansimò chinandosi leggermente in avanti mentre con la mano destra si strinse il fianco sinistro.

“Oh, buongiorno agente Anderson, mah, non si sente bene??”

“Mi scusi se mi sono permessa, ma stavo facendo jogging e mi sono sentita male, ho un fortissimo dolore qui al fianco e mi gira la testa.”

“Ma prego entri!”

La donna le prese teneramente la mano e la invitò ad entrare.

“Grazie mille, lei è davvero un angelo signora.”

“Oh, ma ci mancherebbe, venga, si sieda qui sul divano che le preparo una buona tazza di the mentre si riposa un pochino.”

Tutto era andato secondo i piani, era in casa di quella donna all’apparenza meravigliosa, doveva solo trovare il modo per poter andare in bagno e cercare di trovare tracce di Paroxetina o qualsiasi altra cosa sospetta.

Si guardò intorno come la volta precedente, quando lei e Steve le avevano chiesto informazioni sul suicidio di Jude.

Le sembrava di essere in una favola romantica, intorno a lei tutto profumava ed era perfettamente in ordine e cromaticamente accostato, i colori pastello del rosa e del beige facevano da padroni sia nell’arredamento che nei tessuti raffinati e scelti con cura, composizioni di fiori secchi sempre nel rispetto dei colori delicati del pastello erano ovunque, non era un’abitazione ma un giardino incantato, un posto sospeso tra realtà e sogno, si respirava un’aria di dolce romantica malinconia.

“Potrei chiederle la gentilezza di usare il bagno?”

“Ma certo agente, salga le scale, è la prima porta a destra.”

“Grazie mille.”

Kate si alzò fingendo sempre di tenersi il fianco dolorante e si avviò, nel salire la scale notò altre piantine in fila, questa volta artificiali ma sempre di tre colori che si ripetevano, una per ogni scalino.

Arrivata in cima entrò veloce nel bagno e chiuse la porta a chiave cercando di fare meno rumore possibile per non farsi sentire. Anche quello era un piccolo giardino incantato, tutto rosa e pieno di accessori con decorazioni floreali, persino il copri water aveva come stampa una rosa.

“Comincio ad odiare i fiori…”

Si guardò veloce intorno, e suo malgrado, nonostante fosse una cosa che non aveva mai fatto e odiava solo a pensarci, iniziò a frugare nei cassetti del mobile di legno scuro ed all'interno delle scatole che contenevano i prodotti e gli accessori per la cura della persona.

Non c'era nulla, nessuna medicina, niente di niente e doveva fare presto per non destare sospetti, prese due strappi di carta igienica, li buttò nel wc, tirò lo sciacquone per rendere la sua visita nel bagno più reale ed uscì facendo attenzione a non far sentire che aveva dato precedentemente un giro di serratura alla porta.

Una volta uscita, nell'istante di voltarsi e scendere il primo gradino, notò un bagliore provenire dalla porta di fronte, dall'altra parte del corridoio, era una luce rossastra che tremava lievemente come il bagliore della fiamma di una candela ma più intensa, e proveniva dall'interno della stanza attraverso lo spazio lasciato dalla porta socchiusa.

Pensò se scendere ed ignorarla o dare un'occhiata veloce sperando di non essere vista e decise di rischiare ed andare a vedere.

Sicuramente la Mcduder aveva sentito il rumore dello sciacquone e doveva scendere in fretta ma non prima di aver scoperto cosa fosse quel bagliore.

In punta di piedi, sulle sue scarpe da corsa, sgattaiolò verso la porta, arrivata spostò lentamente la stessa e guardò al suo interno…

La scena che le si presentò fu agghiacciante… la stanza da letto di quella donna era completamente ricoperta su tutte le superfici libere da mobili da immagini sacre.

Santi, Madonne, foto di Papi, crocifissi agonizzanti e trafitti di ogni genere, centinaia e centinaia di immaginette e foto erano lì a fissarla… e su un grosso mobile antico allestito come un altare, una grande foto circondata da decine di candele commemorative ritraeva il viso di una bambina con due grandi occhi azzurri e lunghi capelli scuri…

"Oh mio Dio…"

Non poteva credere ai suoi occhi, sembrava un altare sacrificale, quella foto tra le candele, quel visino con quei grandi occhi azzurri… erano gli stessi occhi della signora Mcduder…

"Il disegno…"

Si portò una mano al petto esterrefatta, poteva essere la bambina del disegno di Marcos? La donna non aveva figli ma la somiglianza tra lei e quella piccola era evidentissima.

Riaccostò immediatamente la porta e scese le scale nella speranza che la donna non si fosse accorta di nulla.

"Tutto bene agente?" le sorrise, le aveva appena versato il the in una grande tazza di porcellana decorata.

"Sì sì, sa non ho fatto colazione stamattina, sarà stato quello. Comunque ora inizio a sentirmi un po' meglio."

"Allora deve assaggiare una fetta della mia torta!"

Prese dal piano lavoro della cucina una grande tortiera e la mise sul tavolo, all'interno una profumatissima torta al cioccolato era rimasta a metà.

"Prenda e mi dica se le piace" le sorrise ancora, aveva la gioia negli occhi, felice ed orgogliosa di poterle far assaggiare la sua opera.

"Grazie mille."

Kate non poté far altro che assecondarla nonostante avesse già fatto colazione, prese la fetta e diede il primo morso, era davvero squisita.

"Ottima!"

"Oh grazie, io adoro fare le torte."

"Si sente infatti, ma poi le mangia tutte lei?"

A quella domanda la donna rimase per un momento perplessa.

"Beh no… prima ne davo sempre un bel po' a Jude e Marcos, adesso… la porto ai bambini della parrocchia giù in città."

"È davvero buonissima, qual è il segreto, me lo dica!" le sorrise accondiscendente Kate, voleva tranquillizzarla visto la perplessità che aveva mostrato nel risponderle.

"Tanto zucchero e burro di qualità, il segreto è il burro biologico e lavorato con lo sbattitore, sa uso il migliore."

Zucchero e burro… pensò Kate, una persona diabetica sarebbe dovuta stare alla larga da una torta tanto ricca, figuriamoci mangiarne metà.

Non le chiese più nulla per non insospettirla, finì la sua fetta ed il suo the e decise che la sua visita era giunta al termine.

"Mi sento decisamente meglio ed è merito della sua squisita torta" le prese le mani nelle sue in segno di gratitudine.

"Ci mancherebbe, però si ricordi di fare sempre una ricca colazione agente."

"Ha ragione, lo farò, per fortuna ho trovato lei o avrei rischiato di accasciarmi per strada."

Si alzò e le porse la tazza vuota del suo the.

"Grazie ancora, adesso è meglio che vada."

"È stato un piacere agente."

Con i modi delicati e dolci di una mamma premurosa l'accompagnò alla porta ma non prese né la borsa né il carrellino per la spesa, stranamente non era più in procinto di uscire.

“Buona giornata signora Mcduder.”
“Buona giornata a lei agente, è stato un piacere avere la sua compagnia.”
Richiuse la porta con tutte le mandate.
A quel punto Kate non aveva più dubbi, quella donna nascondeva troppe cose, chi era quella bambina…? Marcos lo sapeva, l'aveva disegnata accanto ad una donna anziana, doveva indagare sul suo passato, troppi piccoli misteri aleggiavano intorno alla vita di quella persona anziana sola e riservata, troppe cose non tornavano, non aveva trovato la medicina ma quella scoperta raccapricciante era frutto indubbiamente di una mente disturbata, di qualcuno che nascondeva dietro un'apparente tranquillità fatta di colori, profumi e gentilezze, una sofferenza profonda, un disagio celato.

8

Arrivata in centrale, durante il suo turno di servizio pomeridiano, Kate si mise al pc a fare ricerche sulla vita della signora Mcduder, consultò pagine e pagine di registri anagrafici, previdenziali, qualsiasi cosa potesse darle informazioni sul passato di quella donna, rimasta vedova circa trent'anni prima e trasferitasi poco dopo, da sola, a Silver Lake dal Maine.

Completamente sola, in una cittadina a lei sconosciuta, aveva lavorato per vent'anni in una mensa scolastica, nessuna amicizia, una vita fatta di lavoro e solitudine, si era legata solo a Jude per quello che il loro rapporto era durato.

Suo marito era morto durante un incidente stradale a bordo del suo camion in una giornata di lavoro nel 1983, mentre rientrava nella loro casa di Millinocket.

Decise di fare delle ricerche proprio su quella cittadina visto che non era riuscita ad avere informazioni anagrafiche più specifiche sui due coniugi, e fu poco dopo, leggendo un articolo di un archivio di notizie del luogo, che fece una scoperta sconcertante…

Nell'aprile del 1982, nel vicino lago Ferguson, venne ritrovato il corpo senza vita di una bambina di cinque anni di nome Emily Richardson, figlia di Scott Richardson e Rose Mcduder…

"Cosa…?! Aveva una figlia??"

Kate era allibita.

La signora Mcduder all'età di 27 anni aveva avuto una figlia, la piccola Emily era morta annegata un anno prima della morte del suo papà durante una visita con la mamma al lago, la terribile vicenda fu archiviata come una disgrazia, la bambina si era addentrata nel lago mentre la madre si era addormentata sulla riva poco distante.

"Ha mentito anche su questo…" pensò mentre ancora non riusciva a credere a quello che lei stessa aveva scoperto.

Quella foto tra le candele non era che il disperato ricordo della sua bambina, quella giovane donna nell'arco di un anno aveva perso sia la figlia che il marito, aveva cambiato città e si era chiusa nel suo mondo perfetto fatto di fiori e colori, nascondendo a tutti il dramma del suo passato.

Probabilmente aveva raccontato di Emily a Marcos ed anche a Jude, o forse non aveva detto tutta la verità nemmeno a loro, nessuno sapeva della fine di quella piccola, ma la cosa che la preoccupava ancora di più era il fatto che anche Marcos, come Emily, era stato ritrovato nelle profondità di un bellissimo e maledetto lago…

"Perché ci ha mentito…? Perché ha nascosto per più di trent'anni questa storia…?" Non faceva che ripeterselo fissando lo schermo del suo pc.

Marcos ritrovato in fondo al lago, i tre nodi, le ripetizioni di tre, la chiamata fatta in ritardo, tutto non poteva essere casuale, doveva trovare un collegamento, poteva davvero essere la signora Mcduder l'assassina di quel bambino…? E come se lei stessa alla scomparsa era con Jude? Era tutto così assurdo e senza spiegazione.

Mille domande si formularono nella sua mente confusa, come avrebbe potuto collegare quella donna direttamente all'omicidio di Marcos? Che fosse una bugiarda ormai era chiaro, ed un innocente non avrebbe avuto motivo di mentire così sulle sue azioni presenti e passate.

Stampò tutte le informazioni trovate e ripose i fogli nella sua cartellina, tra i documenti e le foto dei reperti, fu in quel momento, alla vista della foto del sacco dove era stato rinvenuto il corpo di Marcos che ebbe un'altra idea.

Se non aveva trovato tracce della Paroxetina nel bagno di casa Mcduder, forse le avrebbe trovate tra i suoi rifiuti, nella spazzatura che aveva nei contenitori della raccolta differenziata, fuori in giardino nel retro della casa. Se non era stato un reato farsi invitare a casa con una scusa, di sicuro lo sarebbe stato frugare tra i suoi rifiuti, ma ormai Kate era convinta di essere vicina ad una svolta ed avrebbe rischiato, lo avrebbe fatto per Marcos e per Jude, come le aveva promesso…

Poco prima della fine del turno, mentre controllava insieme a Steve i pneumatici delle auto di servizio, ricevette la chiamata di James che l'avvisava della sua Ford Torino pronta, sarebbe passata in officina prima di rientrare a casa e finalmente avrebbe abbandonato l'odiata auto di cortesia.

"Sarai contenta Anderson!"

"Puoi dirlo forte, non vedo l'ora di riportarmi la mia macchinina a casa!"

"Ha fatto presto James, è il migliore."

"Sì, è davvero una cara persona, vado a prenderla subito, così domani mattina vengo a lavoro con la mia."

"Vero domani non ci becchiamo Anderson, io sono di pomeriggio."

"Meglio per te Steve, almeno non posso importunarti a pranzo" sorrise Kate.

"Ma senti un po' Anderson…"

Prese coraggio e approfittò della battuta della collega per chiederle una cosa che da tempo voleva proporle.

"Una sera di queste se ti va potremmo andare a cena io e te… per i fatti nostri, fuori dal lavoro… che dici?"

Era la prima volta che notava un velo di imbarazzo nelle parole e negli occhi di Steve, era sempre stato assolutamente sicuro e spavaldo e quel suo momento di tenera insicurezza l'aveva stupita ed in parte emozionata.

"Be… ok… allora poi vediamo" rispose imbarazzata.

Si maledì immediatamente per quella misera risposta.

"Bene! Ok il turno è finito e James ti aspetta!"

"Oh sì… hai ragione."

L'imbarazzo era talmente tanto che lo si poteva vedere fluttuare nell'aria.

"Buona serata allora Anderson…"

La guardò da sotto il berretto della divisa ancora una volta con quello sguardo tenero e provocante che in fondo lei aveva sempre adorato.

"Anche a te Steve."

E si divisero, ognuno con la sua vita ed i suoi pensieri, ma entrambi felici ed ansiosi per quella piccola promessa rubata.

Lei era lì, bellissima, lucida e brillante come un diamante dalla caratura preziosa. James l'aveva lavata e lucidata con cura alla fine del lavoro e Kate era felicissima di poter risalire su quel gioiello d'epoca dal valore più affettivo che materiale.
"Non so come ringraziarti James, è perfetta!"
"Ma figurati Kate, non avevo l'officina piena come al solito e sono riuscito senza problemi."
"Ti devo un favore!"
"Ah, allora aspettati dei guai…!"
"Speriamo di no ah ah."
Lo salutò e salì in auto, il rombo particolare di quell'antico motore le trasmetteva quel senso di potenza e libertà che nessun'altra auto di ultima generazione le avrebbe potuto dare. Immise la marcia e partì accompagnata da uno splendido e caldo tramonto estivo, l'aria tiepida degli ultimi raggi di sole le accarezzavano la pelle attraverso i finestrini abbassati mentre il profumo del grano appena tagliato si diffondeva nell'aria dai campi vicini.
Una bella e pacifica atmosfera di calma e libertà accompagnava il suo tragitto in auto fino a casa, la sottile falce luminosa della luna si intravedeva e prendeva lentamente forma nel cielo terso tinto di mille sfumature.
Uno stormo di uccelli migratori in viaggio verso i paesi caldi dell'Africa volava alto nel cielo e creava disegni scuri e dalle mille forme in quella immensità colorata e luminosa.
Di tramonti così ad Atlanta non ne aveva mai visti, sì il cielo era sempre e comunque tinto da mille colori, ma nessun profumo di grano e natura, nessun silenzio veniva rotto dal suono vellutato del vento in un cielo così… amava quei meravigliosi momenti che solo Silver Lake sapeva donarle.
Poco prima di svoltare ed immettersi lungo la strada che costeggiava la riva commerciale del lago, notò un gruppetto di persone urlare e gesticolare in modo strano, rallentò e cercò di capire cosa stesse succedendo.
Era un gruppo di ragazzini alle prese con insulti e lanci di lattine contro un uomo anziano, accostò immediatamente e scese di corsa dall'auto.
Di fianco ad una panchina, circondato da una decina di minorenni, Patterson cercava di difendersi agitando in segno di minaccia una bottiglia di vetro vuota.

“Bastardi! Vi faccio vedere io chi è l’assassino!”
“Patterson!!” gridò Kate correndo verso di lui.
Il gruppetto non accennava a fermarsi insultandolo e lanciandogli contro ogni sorta di rifiuto trovato a terra e dentro i cestini della spazzatura.
“Sei un vecchio schifoso!”
“Assassino maniaco!”
“Te ne devi andare in galera bastardo!”
Coprendosi con un braccio il viso per proteggersi indietreggiò ed inciampò cadendo pesantemente a terra, Kate quasi arrivata da lui non poté che prendersi pena per quella scena tanto vile e crudele.
Un uomo solo ed anziano, visibilmente in difficoltà, con tutti i diritti di poter stare fuori senza essere aggredito, stava subendo un assalto nell’indifferenza di tutte quelle persone che, come se nulla fosse, passeggiavano lungo la strada pedonale che costeggiava il lago.
Arrivata scostò immediatamente i ragazzini e si precipitò al cospetto di Patterson.
“Avanti si aggrappi al mio braccio.”
L’uomo in preda alla rabbia ed all’alcool si rifiutò.
Kate allora gli tese teneramente una mano, un gesto che mai nessuno gli aveva fatto da più di trent’anni.
Un velo di commozione si dipinse su quegli occhi stanchi e tristi, un misto tra vergogna ed ammirazione nei confronti di quella poliziotta che aveva sempre guardato con malizia e rabbia, si impadronì del suo vecchio e stanco spirito.
Come un anziano padre che in difficoltà mette da parte l’orgoglio ed accetta l’aiuto di un figlio, così Carl Patterson accettò la mano e l’aiuto di Kate.
“Ok, venga con me adesso.”
Si tirò su barcollante, Kate prese la bottiglia e la buttò nel cassonetto e con poche parole mise a tacere quel gruppo di stupidi ed ingrati ragazzini.
“Sono un poliziotto e se non sparite dalla mia vista immediatamente ve la faccio pagare con una bella e ricca denuncia è chiaro?!”
Patterson poteva essere anche l’uomo più disgustoso della terra ma nessuno aveva il diritto di insultarlo e fargli del male, non vi era cosa più vile e meschina che prendersela con un uomo anziano in difficoltà, dov’era finito il rispetto per chi ci aveva cresciuto e preceduto, per i valori, dov’era finita la tenerezza verso chi, nella vecchiaia, tornava lentamente ad essere bisognoso di cure ed attenzioni come quando si era stati bambini?

Il gruppetto di teppistelli cercò di ritirarsi lasciando il macello di spazzatura sparpagliata a terra.

"E quelle!!" disse Kate indicando le decine di lattine sull'asfalto.

"Voglio vederle al loro posto nei cassonetti subito!"

Tutti, intimoriti, si apprestarono a raccogliere la spazzatura che avevano scagliato contro l'uomo e la gettarono negli appositi contenitori, finito Kate li lasciò andare finalmente via.

Seduto sulla stessa panchina dell'aggressione, Patterson fissava il marciapiede con aria affranta.

"Tutto ok?"

"Sì grazie" borbottò con il suo solito modo grottesco e scontroso.

"Venga che l'accompagno a casa."

"Ah… vado da solo non si preoccupi!"

"Mi fa piacere, non glielo sto chiedendo come l'agente Anderson ma come Kate, in amicizia."

"Non insista, ha già provveduto a me mandando via quei maledetti vigliacchi, la ringrazio…!"

"Tra un po' farà buio, con la gente che gira in questi giorni difficili non è prudente che stia da solo per strada non crede?"

L'uomo non le rispose, si limitò ad abbassare lo sguardo ancora una volta a terra.

"Venga, le faccio fare un giro sulla mia Ford" sorrise.

"La Ford Torino che diceva?"

"Sì certo."

Come un bambino felice di fare il suo primo giro in bici, Patterson la seguì e salì in auto con lei.

Fu un tragitto silenzioso ma la contentezza di quell'uomo che si guardava intorno curioso si vedeva benissimo, chissà, forse, tra i sedili e gli interni di quell'auto era tornato indietro negli anni, ai ricordi di quando era giovane e felice, in quegli anni 70' ricchi di sogni e speranze dove tutto agli occhi di un giovane era possibile…

"Quanti anni ha agente?" le chiese tra un colpo di tosse e l'altro.

"Trentuno signor Patterson."

"Ah, quando queste auto sfrecciavano per le strade d'America lei non era nemmeno nell'immaginario dei suoi genitori allora, potrebbe essere mia figlia!"

"Già!" lo guardò compiaciuta.

"Non ha paura ad andare in auto con un vecchio assassino di bambini

agente?” la fissò con aria di sfida.
“Non si preoccupi, sono in grado di gestire la situazione signor Patterson, e comunque lei non è stato accusato ed io non sono nessuno per giudicarla, una scarpina ritrovata nella sua proprietà non fa di lei un assassino.”
Quelle parole lo rincuorarono, adesso sapeva che l’unica persona che ancora credeva alla sua innocenza era proprio e solo Kate.
Arrivati davanti casa, Patterson si rifiutò di essere accompagnato alla porta, si limitò ad un freddo ‘grazie’ che per chiunque sarebbe stato poco gentile visto tutta la situazione appena affrontata, ma non per Kate che sapeva quanto quella parola pronunciata dalle labbra di quell’uomo potesse acquisire importanza.
Aspettò di vederlo entrare in casa e partì.
Fu una nottata insonne per Kate, quelle immagini sacre perseguitarono i suoi sogni fino al mattino, si svegliò stanca e nervosa, ma nonostante tutto il suo piano per il pomeriggio era comunque già confermato.

Quella mattina sarebbe dovuta essere di riposo per Steve, ma lo sceriffo Button durante la notte aveva ricevuto una chiamata dalla sua ex moglie che lo informava che Susan era stata male, così aveva chiesto all’agente Wolf il favore di poterlo sostituire per l’intera giornata.
Le condizioni della ragazza stavano molto a cuore a Steve come del resto a tutti in centrale, provavano grande stima per Button e di conseguenza anche per Susan.
Pronti per la giornata i tre agenti erano alla prima pausa caffè.
“Di nuovo vice allora” gli disse Kate prendendo posto alla sua scrivania.
“Eh già, ed io che avevo intenzione stamattina di finire il dodicesimo livello del mio nuovo videogame” gli rispose con una smorfia di tristezza passeggiando per la stanza con il suo caffè tra le mani.
“Tutto questo è terribile Steve!” sorrise.
“Assolutamente, sarà dura oggi per me, avrò ripercussioni gravi anche a livello emotivo e lavorativo.”
“Ma piantala ah ah” rispose divertita.
Sbrigarono il loro lavoro quotidiano di ufficio e fecero i loro soliti due giri di pattuglia, tutto nella consueta tranquillità.
Il turno di mattina passò velocemente.
“A domani Steve! Chissà forse ti saprò dare novità!”
“Che novità Anderson?”
“Per scaramanzia ti dico domani ok? Ma sta tranquillo!”

"Ok… mi raccomando…" rispose un pò preoccupato.

"Certo!"

A fine servizio Kate si diresse subito a casa mentre Steve rimase per il turno pomeridiano con Gibert.

Per prima cosa una volta arrivata si cambiò e pranzò, la Mcduder se tutto fosse andato come di consueto nel pomeriggio per le 16,00 sarebbe dovuta essere in parrocchia per la messa, aveva avuto questa informazione parlando con lei la prima volta che le avevano chiesto chiarimenti dopo la scomparsa di Marcos, per lei era consuetudine seguire quotidianamente le funzioni.

Avrebbe agito per quell'ora…

Optò per il solito vestiario da jogging nel caso l'avesse incontrata in prossimità della sua abitazione, la scusa della corsa le sembrava la più credibile anche se non si allenava mai nel pomeriggio.

Prese il cellulare, le chiavi e partì con la sua Ford.

Alle 16,00 in punto, precisa come un orologio, si trovava nei pressi di casa Patterson, il posto migliore dove lasciare l'auto per inscenare un eventuale finto allenamento.

Chiuse l'auto, fece di nuovo due giri per provocare il sudore e l'affanno ed entrò nel vialetto di casa Mcduder.

Per prima cosa, per accertarsi che la donna non fosse disgraziatamente in casa suonò, pronta ad inscenare un altro imbarazzante malore.

Dopo alcuni minuti e ripetuti tentativi si convinse dell'assenza della donna nell'abitazione, prese coraggio e si addentrò nel retro della casa in cerca dei contenitori della spazzatura.

Il giardino era come sempre curato anche nella parte posteriore, tutto perfettamente in ordine e pulito come i contenitori della differenziata di fronte a lei.

Si guardò intorno diverse volte, nessuno poteva effettivamente vederla in quel posto isolato, ma la paura di essere scoperta mentre rovistava nella spazzatura di un altro cittadino la terrorizzava, che cosa avrebbe potuto inventare per giustificarsi, sarebbe stata una violazione di domicilio e Button se l'avesse saputo l'avrebbe buttata fuori con tutte le ragioni.

Fece un bel respiro profondo, si infilò un paio di guanti di lattice che aveva preso a casa e messo in tasca ed iniziò.

Il contenitore della carta era privo di sacco e conteneva riviste di cucina, scatole di generi alimentari e nient'altro di utile alla sua indagine, nessuna ricetta medica o scatola di farmaci.

Passò al contenitore della plastica, dentro, un grande sacco nero aperto conteneva delle bottiglie di detergenti vari, sacchetti, alcuni piattini e posate sporchi di residui di cibo, disgustata affondò ancora di più le mani per rovistare meglio e vide una boccettina arancione di quelle utilizzate per contenere i farmaci.

Era un contenitore di un farmaco che non conosceva, ma il principio attivo era specifico per l'ipertensione, lo sapeva perché era lo stesso che utilizzava anche suo padre, continuò ancora fino a trovare altri due contenitori vuoti, li tirò su entrambi.

Sul primo una nota marca di vitamine pubblicizzate alla tv mentre sul secondo, scritto nero su bianco sull'etichetta adesiva con dosi elevate in microgrammi… la Paroxetina…

"Lo sapevo!! Maledizione lo sapevo!"

L'ennesima prova delle bugie di quella donna si trovava proprio tra le sue mani, aveva mentito ancora, aveva mentito su tutto…

Infine, in preda alla più totale indignazione aprì quello per i rifiuti organici, questa volta il sacco nero all'interno era chiuso, annodato probabilmente dallo stesso laccetto di plastica fornito con lo stesso.

Lo tirò completamente fuori dal contenitore e controllò il maledetto nodo…

All'interno dello scempio della sua casa, Patterson beveva e fumava erba… Era in uno stato pietoso, senza forze e completamente intontito, tra le mani ancora una volta il coltello che aveva usato per aprire lo scalino di legno della scala dove teneva la marijuana che saltuariamente fumava, era l'unico posto sicuro dove nascondere lo stupefacente, tanto sicuro che nemmeno la perquisizione lo aveva scovato.

Disteso sul divano ebbe un rigurgito acido che per poco non lo soffocò, iniziò a tossire in preda ad un senso di mancamento ed uscì di corsa a cercare di respirare all'aria aperta.

Dopo diversi e forti colpi di tosse riprese fortunatamente a respirare meglio, per un momento aveva avuto paura che la sua vita si sarebbe fermata lì, ucciso dal suo stesso vomito, dalla sua stessa e voluta decadenza.

Le lacrime gli riempirono gli occhi, si rendeva conto di quello che era diventato e di quanto gli mancasse la stima di qualcuno, forse, se avesse avuto anche un solo affetto avrebbe trovato la forza di lottare e non lasciarsi distruggere dal suo stesso mal di vivere.

Decise di fare due passi per riprendersi, e dopo poco, ad un centinaio di metri, notò una Ford Torino del tutto identica e con la stessa targa a quella dell'agente Anderson.
"Ma che diavolo…" pensò tra sé.
"Vuoi vedere che mi stanno controllando di nascosto i maledetti!"
Si infuriò come non mai, la stessa Anderson che la sera prima gli aveva detto di credere alla sua innocenza in realtà lo stava controllando in borghese, tutta la sua empatia non era altro che il falso tentativo di plagiarlo, si sentiva preso in giro, si sentiva amareggiato per aver creduto che qualcuno potesse prendersi pena di lui.
"Maledetta poliziotta bugiarda!" decise di cercarla e fargliela pagare.

Il nodo era a forma di fiocco, e come aveva subito immaginato era formato da altri tre piccolissimi nodini, come quello del sacco dove era stato rinvenuto il corpo di Marcos, sbigottita per quanto comunque se lo sentisse, richiuse tutti i contenitori e cercò di capire cosa fare.
Quella dolcissima ed all'apparenza innocente donna era implicata nell'omicidio di quel bambino, aveva mentito fin dall'inizio e soffriva di un disturbo ossessivo compulsivo.
Avrebbe voluto entrare immediatamente nell'abitazione per cercare altri indizi ma tutte le finestre della casa erano chiuse e non poteva sprecare altro tempo, se davvero era l'assassina di Marcos altri bambini innocenti erano in pericolo, probabilmente proprio quelli della stessa parrocchia in cui si recava.
Forse aveva sviluppato una patologia psichiatrica ben più grave della d.o.c a seguito di quello che era successo ad Emily ed a suo marito, si era ritirata ad una vita solitaria in un'altra città, per quale motivo se non per nascondere un grave disagio psicologico?
Ripensò ai suoi sogni, a Marcos che le aveva mostrato il disegno ed a Jude, a quelle parole che adesso le risuonavano così profetiche "Lo sai Kate, Satana a volte… si traveste da angelo di luce…"
Gli stessi suoi sogni le avevano gridato disperatamente la verità, per caso o per volontà divina questo non lo sapeva, ma ora più che mai era pronta a porre fine a tutta quella maledetta e sporca storia.
Controllò tutto il perimetro esterno della casa nella speranza di riuscire a trovare una finestra semi chiusa o una porta di servizio, ma nulla, fece mente locale alla struttura della casa, sarebbe potuta entrare nel garage, ma come avrebbe fatto a forzare la serranda? In pieno giorno, senza l'aiuto di

nessun attrezzo, come un ladro inesperto, non era fattibile ed era troppo rischioso, non sapeva nemmeno quanto tempo avesse ancora a disposizione prima del ritorno della donna.

Oppure, avrebbe potuto cercare una presa d'aria del seminterrato, sempre se quella casa ne possedeva uno.

Rifece il giro del perimetro, ma questa volta si concentrò sulla parte bassa dell'abitazione ed a lato destro della stessa, sotto la finestra, nascosta da alcuni vasi fioriti trovò una piccola finestrella di forma rettangolare che serviva proprio come ricambio d'aria per la zona seminterrata della casa.

Nell'angolo sinistro aveva una riparazione fatta con del nastro da pacchi che stonava con la perfezione di quel posto incantato, evidentemente si era rotta e la Mcduder l'aveva riparata come meglio poteva.

Sarebbe riuscita a passarci a malapena, ma per fortuna il suo fisico esile le avrebbe facilitato l'operazione.

"Se non lo fai adesso Kate chissà quando potrai riprovarci…"

Doveva trovare altre prove, quelle che aveva per quanto fossero importanti non sarebbero bastate per un mandato e non si poteva sprecare altro tempo prezioso.

Spostò i vasi di fiori, forzò la riparazione provocando la rottura di una parte del vetro e per prima cosa cercò di guardare all'interno ma non riuscì a vedere nulla, era tutto molto buio, forse l'unica cosa visibile era un vecchio tavolo o qualcosa di simile.

Introdusse prima i piedi e poi cercò faticosamente di farsi scivolare lentamente all'interno cercando appoggio sotto di lei, ma l'unica cosa che riuscì a percepire fu il vuoto, si fermò un attimo e cercò di calcolare l'eventuale altezza, non doveva essere più profondo di due metri, tenendosi con le mani sarebbe dovuta riuscire a calarsi senza troppi rischi.

E così fece, all'ultimo si lasciò cadere all'interno di quel seminterrato sconosciuto.

Patterson adirato cominciò a setacciare l'intera zona alla ricerca dell'agente Anderson, in un posto isolato come quello una persona se ben nascosta non sarebbe stata facile da trovare.

Fece il giro nei pressi della sua casa più volte senza alcun risultato e così decise di dirigersi verso casa Mcduder per vedere se non fosse andata ad importunare anche quella donna.

Arrivato nei pressi del vialetto, poco prima di decidere se bussare alla vicina sentì un forte urlo femminile provenire dal circondario che lo impietrì, cercò di capire da dove fosse provenuto ma non udì più nulla, era una voce giovane e lì non vi abitava che l'anziana Mcduder, decise di suonare alla porta ma non ricevette alcuna risposta.

Lì in zona c'era solo lui e la macchina dell'agente Anderson e quell'urlo se non era della Mcduder poteva essere solo di Kate.

In quel momento maledisse il fatto di non possedere un cellulare né una linea fissa, controllò nelle tasche di aver qualche dollaro ed andò a cercare il primo telefono pubblico che si trovava a mezzo chilometro da lì.

L'età, il fisico e lo stato alterato resero il percorso più difficile del previsto, si sforzò di correre come poteva, il cuore ormai malandato ed i polmoni saturi di catrame e nicotina stavano facendo uno sforzo disumano, credeva che sarebbe collassato lì, mentre cercava aiuto, ma miracolosamente arrivò esamine alla cabina.

Introdusse le monete e chiamò non il 911 ma direttamente la centrale di Silver Lake, conosceva a memoria il numero, lo aveva fissato per un giorno intero scritto su un avviso appeso fuori dalla cella in cui era stato trattenuto.

Rispose Gilbert che si trovava al centralino.

"Sono Patterson, ho bisogno di aiuto!"

"Carl Patterson?"

"Sì cazzo! Credo che l'agente Anderson sia in pericolo venite subito!"

"L'agente Anderson!? Che succede?!"

Steve seduto alla scrivania appena sentì le parole di Gilbert saltò giù dalla sedia come un grillo.

"Passamelo subito!!"

Strappò la cornetta dalle mani del collega.

"Patterson sono Wolf, che succede!!"

"L'agente Anderson, c'è qui vicino casa mia la sua auto, lei non c'è e ho sentito urlare vicino casa Mcduder!"

"Sto arrivando!"

Buttò immediatamente giù, controllò che la pistola fosse a posto e correndo come un matto salì in auto.

In tutta la vita per quanto avesse corso in auto, mai era andato ad una tale velocità, bruciò tutti i semafori rossi, aveva solo Kate in mente, se le fosse accaduto qualcosa… non poteva e voleva nemmeno immaginarlo, non se lo sarebbe perdonato, aveva già rischiato la vita una volta a caro prezzo in quella banca di Atlanta.

Quei pochi minuti di tragitto gli sembrarono un'eternità.

Giù al lago, Patterson a velocità moderata ma sempre con difficoltà tornò indietro verso casa, sarebbe andato ad aiutare l'agente Wolf ma non prima di aver preso la vecchia pistola non denunciata che teneva nascosta da anni insieme alla marijuana, non aveva mai avuto bisogno di usarla, ma forse era arrivato il momento di metterla alla prova.

9

Aprì gli occhi, un grande buio ed una lievissima luce che proveniva dalla finestra sopra di lei celavano l'orrore di quel posto che sembrava una delle più spaventose prigioni.

Aveva un taglio sulla nuca che le sanguinava, era caduta rovinosamente a terra, qualcosa o qualcuno l'aveva afferrata per i piedi e l'aveva tirata giù, sbattendola violentemente sul pavimento. Il cellulare che aveva nella tasca posteriore dei pantaloni della tuta si era rotto, sentiva i pezzi attraverso la stoffa.

Cercò di mettere a fuoco la vista ancora annebbiata per la botta alla testa, si trovava in una sorta di stanza molto ampia, ricavata da quel seminterrato freddo e buio, man mano che la vista si faceva più nitida iniziò a vedere quello che la circondava...

Un grande tavolo di legno con sopra una lampada era appoggiato contro il muro sinistro di fronte a lei, un vecchio armadio di fattezza antica ed una sedia erano al lato opposto, al suo fianco un letto dalla struttura simile era ancora disfatto, le lenzuola bianche pendevano fino al pavimento fatto solo di grezzo cemento, in fondo una porta di metallo rendeva quel posto simile alla cella di un manicomio abbandonato degli anni 50'.

Cercò di alzarsi, faticò a causa del dolore per la caduta ma qualcosa nel buio l'afferrò per le spalle con forza, erano due mani, le mani grandi di qualcuno molto più alto e possente di lei.

Si voltò in preda alla paura, ed in quel buio, poco prima di essere scaraventata a terra nuovamente, vide due grandi occhi chiari fissarla con odio...

Non perse conoscenza, per istinto si raggomitolò sul pavimento portandosi le ginocchia al petto per proteggersi da un eventuale altro attacco, in quel momento sapeva della presenza di un'altra persona ma non riusciva a vederla bene in assenza di luce.

Si tirò su con fatica, ed il più velocemente possibile cercò riparo mettendosi contro il muro in modo da avere almeno le spalle protette, fu in quel preciso istante che si accese la luce della lampada sul tavolo e lo vide…

Di fronte a lei, a fianco al tavolo, un uomo alto almeno un metro e novanta la fissava spaventato e adirato, era giovane, poteva avere all'incirca la sua stessa età, indossava una t-shirt ed un paio di jeans, ma la cosa più assurda in tutta quella spaventosa situazione era la lunga e pesante catena che dalla caviglia destra andava ad incastrarsi ad un gancio murato nel pavimento.

Era un ragazzo rinchiuso ed incatenato come un animale, non riusciva a credere a quello che vedeva, era terrorizzata, un solo pugno da parte di quell'uomo così massiccio l'avrebbe sicuramente uccisa.

Cercò di mantenere la mente lucida e la calma per quanto le fosse possibile, sapeva che non sarebbe potuta uscire da quel posto, la finestrella era troppo in alto e la grossa porta di metallo era sicuramente chiusa dall'esterno. Disarmata e rinchiusa con quell'uomo violento fece l'unica cosa che potesse darle tempo..

"Co… come ti chiami… cosa ci fai qui?" gli domandò con voce tremante.

La guardò serrando entrambi i pugni e non le rispose, era immobile e la fissava.

"Io sono Kate… ascolta non voglio farti nulla, sono caduta e vorrei tornare a casa…"

Il ragazzo spostò violentemente la sedia spaventandola, l'urlo di Kate lo agitò provocandone una reazione violenta, prese la sedia e la lanciò fracassandola contro la porta di metallo.

"Ok ok…! Ti prego scusami…! Non urlerò più…"

Il cuore le batteva a mille, era terrorizzata, non si era mai sentita tanto in pericolo e indifesa.

L'uomo rimase lì a guardarla senza parlare, la luce della lampada illuminava e svelava l'atrocità delle condizioni di quel luogo assurdo.

Riprovò ancora ma questa volta si rivolse a lui con estrema dolcezza ed a bassa voce.

"Come ti chiami… per favore…"

Fu allora che il ragazzo le rispose.

"Ethan…"

Aveva una voce profonda e triste.

"Ciao Ethan… io sono Kate, perché sei qui…?"

“Casa… casa mia…”

Il suo modo di parlare ricordava quello di un bambino molto piccolo, le parole erano scandite come se avesse dovuto pensare a che termini utilizzare, poteva avere un leggero ritardo mentale o nell’ipotesi peggiore, quella a cui Kate stava pensando, poteva non aver sviluppato il linguaggio di un adulto.

Turbata da quella risposta gli fece una sola domanda che avrebbe chiarito tutta la spaventosa situazione.

“Se questa è la tua casa Ethan… Rose chi è…?

“È la mia mamma…”

“Oh mio Dio…” le sfuggì in preda allo sgomento.

Quel ragazzo, incatenato e rinchiuso come una bestia, era il figlio di Rose Mcduder! Quella donna aveva avuto un altro figlio dopo la morte di Emily! E lo aveva tenuto segregato e nascosto probabilmente tutta la vita lì sotto!

Che razza di persona se non un mostro avrebbe potuto fare una cosa simile… Dietro quella facciata gentile si nascondeva la più subdola e celata pazzia.

“Ethan… tua madre ti ha sempre tenuto qui? Tu sei mai andato lì fuori?” le indicò la finestrella da cui era entrata.

“No, io mai lì…”

Si portò le mani al viso sconvolta, aveva le lacrime agli occhi, quel ragazzo non aveva mai visto la luce del sole in tutta la sua vita, conosceva solo quelle quattro buie e sporche mura, non aveva mai visto nessun altro all’infuori di sua madre. Incatenato, solo, all’oscuro del fatto che fuori esisteva un mondo, delle persone, la libertà, degli amici, un’istruzione…

Tutti i diritti che un uomo, che un bambino doveva avere fin dalla nascita gli erano stati negati, vittima di una mente disturbata, di un amore di madre malato.

Si spostò provando a vedere quale reazione potesse provocare in lui, immediatamente Ethan si infuriò e diede un pugno fortissimo sul grande tavolo.

“Ok ok!! Scusami… rimango qui… ti prego…”

In quell’istante realizzò che non sarebbe potuta uscire di lì in nessun modo e che avrebbe dovuto aspettare l’arrivo della signora Mcduder e sperare di trovare in quel momento la maniera di scappare.

Si abbassò molto lentamente fino a sedersi a terra, posando una mano scontrò qualcosa di piccolo, era una macchinina di plastica, l’afferrò e la

mostrò al ragazzo.
"È tua Ethan?"
"No."
Scosse la testa come un bimbo colpevole.
"È di un bambino?" le chiese con la voce tremante per la possibile risposta.
Non le rispose.
"Aveva i capelli così…?"
Prese la coda di cavallo e la posò su di una spalla per mostrargli il biondo dei capelli.
"Si anche lui così…"
Riposò lentamente la macchinina a terra… Marcos era stato lì.
"Ethan… il bambino dov'è andato?"
"Lui urlava tanto, cattivo e poi ha dormito."
"Dormito?? Ma poi si è svegliato??"
"No… lui aveva il sangue, così…!"
Indicò lei toccandosi il capo in prossimità del rivolo di sangue che le scendeva lungo la fronte a causa del colpo alla testa.
Marcos, come aveva stabilito l'autopsia, era morto a causa della frattura delle ossa del cranio prima di essere stato bruciato, probabilmente causata proprio da Ethan durante un suo raptus di violenza scatenato dalle urla e dal pianto del bambino. Marcos era morto lì dentro, solo, terrorizzato, vittima di un'altra vittima.
"Rose lo ha preso? Ethan… tua madre ha preso quel bambino mentre dormiva?"
"Sì…" rispose ed abbassò lo sguardo a terra dispiaciuto.
"Oddio…"
Era tutto così maledettamente orribile, il dramma nel dramma, un assassino anch'esso vittima, un susseguirsi di atrocità continuo, quella donna era un mostro, doveva pagare per il male che aveva fatto a Marcos, a Jude ed a suo figlio.
Un figlio che aveva i suoi stessi occhi blu pieni di dolore, inconsapevole di aver tolto la vita ad un bambino innocente con il diritto di vivere felice quanto lo avrebbe avuto lui.
Provava paura ma anche un'immensa compassione per quel ragazzo privato di tutto, somigliava tantissimo ad Emily, avevano gli stessi occhi e gli stessi capelli scuri, forse non sapeva nemmeno che prima di lui era esistita una sorella, forse quella donna era impazzita dopo la morte della

figlia e del marito.

Erano domande a cui Kate non avrebbe potuto dare risposta, l'unica che potesse farlo era la stessa signora Mcduder, avrebbe dovuto rispondere di molte cose una volta arrestata, ma lei era lì, disarmata ed impossibilitata a chiedere aiuto, alla mercé di Ethan e Rose…

Steve facendo fischiare le gomme dell'auto sull'asfalto frenò e si precipitò nel vialetto di casa Mcduder.

"Kate!!"

Gridò con tutto il fiato che aveva in corpo correndo con l'arma tra le mani.

Arrivato alla porta dell'abitazione cercò di sfondarla con un calcio ma le tre serrature proteggevano quell'abitazione come una fortezza, fu in quel momento che Kate sentì chiamare il suo nome e osò a suo discapito gridare con tutto il fiato che possedeva.

"Steve!! Nel seminterrato!! Sono nel seminterrato!!!"

Sapeva che anche se Steve fosse entrato da una delle finestre non sarebbe riuscito ad aprire quella porta di metallo che aveva tenuto prigioniero un ragazzo dalla stazza di Ethan tutta la vita.

"Arrivo Kate!!"

La sentì e si mise a correre lungo il perimetro della casa alla ricerca di una finestra raso terra.

Una delle cose che provocava la rabbia incontrollata di Ethan erano proprio le grida.

A quel richiamo si scagliò contro Kate che cercò di scappare buttandosi con tutto il peso del corpo dalla parte opposta della stanza, la colpì di striscio con un pugno alla schiena ma Kate riuscì ad evitare il devastante impatto che avrebbe avuto su di lei l'intero corpo del ragazzo se non fosse riuscita a scostarsi in tempo.

Raggomitolata a terra, terrorizzata e dolorante pensò che ormai fosse giunta la fine per lei, in quello stesso istante Steve si buttò giù dalla finestrella, cadde anch'esso malamente a terra ed immediatamente realizzò ciò che stava accadendo in quella stanza…

"Steve! Stai fermo…"

"Ok…" rispose guardandosi intorno sgomento.

Si mosse lentamente verso di lei ma Ethan gli si avventò contro, nella frazione di un secondo estrasse la pistola che aveva inserito nella fondina durante la discesa dalla finestra e sparò rapido un colpo ad una gamba del ragazzo.

Un grido di dolore e lo strazio si dipinsero su quegli occhi blu mare, si buttò a terra urlando e piangendo come un povero animale ferito, tentò di alzarsi ancora e Steve ripuntò l'arma pronto a fare ancora fuoco ma Kate lo bloccò immediatamente.

"No fermo!! Ti prego Steve no!!"

"Non gli permetterò di farti del male Kate!"

In quel momento la pesante porta di metallo si aprì e con un fucile semi automatico, carico e pronto a sparare, la signora Mcduder entrò decisa a difendere quel figlio che lei stessa aveva sacrificato.

"Ethan!!!"

"Mamma…!" gridò piangendo e tendendogli le braccia come un bambino terrorizzato.

"Ora voi bastardi la pagherete!!"

Alzò il tiro del fucile per prendere la mira e in quello stesso istante sia Steve che Ethan si alzarono e si mossero nella stessa direzione.

Vennero esplosi 3 colpi, uno partì dall'arma di Steve che colpì la donna ad un fianco ferendola, due dall'arma della donna, il primo destinato a Steve lo colpì al ventre di striscio ed il secondo destinato a Kate, colpì in piena schiena Ethan che si accasciò esanime a terra.

"No!!! Ethan figlio mio!! No!!"

Le grida della donna riecheggiarono in quella stanza vuota in un eco straziato.

Rose nonostante la ferita riprese l'arma, ma nel momento di fare ancora fuoco contro Kate e Steve venne colpita da un altro proiettile, questa volta alla schiena, dalla vecchia ma ancora funzionante pistola di Carl Patterson che si trovava dietro di lei, alle sue spalle. Carl aveva trovato la porta di casa aperta, lasciata così da Rose nell'attimo in cui, appena arrivata ed in procinto di aprire, aveva sentito il colpo di pistola di Steve contro Ethan.

Rose cadde anch'essa esanime a terra.

Più nessun lamento, più nessun urlo, solo la polvere da sparo che fluttuava nell'aria stantia di quella stanza dell'orrore…

Kate si precipitò a controllare la ferita di Steve.

"Fammi vedere!!"

"Non è grave Anderson, fai piano… ahi… se vuoi mi potrai spogliare con più calma in un'altra occasione" gli sorrise digrignando i denti per il bruciore.

"Cretino...!" gli rispose preoccupata ed in lacrime.

Ethan a terra non respirava più… i suoi grandi occhi colore oceano fissavano il pavimento senza più vita.

Tutto quello che una madre per natura avrebbe dovuto dare ad un figlio era stato tramutato in solitudine e dolore, nascosto e consumato all'oscuro di un'intera comunità che mai avrebbe potuto immaginare quali atrocità si nascondessero nel fondo di quella meravigliosa casa vicino al lago.

Nessuno in verità poteva sapere se la pazzia di quella donna fosse nata con il dolore per la perdita di Emily e di Scott o se quei tragici avvenimenti avessero solo risvegliato qualcosa di oscuro che viveva in lei da sempre.

Arrivarono tre ambulanze sul posto chiamate da Kate con il cellulare di Steve, una caricò la Mcduder in gravi condizioni ma ancora viva, mentre la seconda caricò Steve scortato da Kate, dolorante ma quasi del tutto illesa.

"Hai visto Anderson, i fazzoletti di Joe sono venuti bene che cosa ti avevo detto!"

Si sforzò di sorridere disteso sulla barella mentre lo caricavano in ambulanza, avevano tamponato la ferita con quelli che la mattina stessa aveva preso dal cruscotto dell'auto ed aveva messo in tasca durante i due giri di pattuglia.

"Già avevi ragione." rispose Kate con le lacrime agli occhi, era felice perché l'avevano scampata, sarebbero potuti morire come Marcos ed Ethan in quel maledetto seminterrato, Steve sarebbe potuto morire per salvarla…

"Grazie Steve… mi hai salvato la vita…"

"Be.. allora un'uscita insieme me la merito…"

"Direi proprio di sì" rispose felice.

Patterson appoggiato all'angolo della casa, silenzioso e composto si sentiva finalmente fiero di aver fatto qualcosa di importante e buono per qualcuno, in fondo quei due ragazzi lo avevano trattato con rispetto anche quando tutti lo avevano etichettato come il mostro.

Kate gli si avvicinò poco prima di salire in ambulanza con Steve.

"Lei oggi ci ha salvato la vita signor Patterson, grazie… se non avesse avvertito l'agente Wolf la Mcduder mi avrebbe uccisa…"

"Ah di nulla, lo dicevo che era troppo gentile quella donna, non mi piaceva per niente!"

"Grazie…davvero…"

"Ah agente, per la pistola io…"

"Non si preoccupi Patterson, ci pensiamo noi... ha salvato due agenti" le rispose.

Guardò ancora una volta con amarezza quell'ingannevole casa e raggiunse Steve.

I portelloni delle tre ambulanze si chiusero e sparirono lungo la strada costeggiata dai verdi alberi di Silver Lake, in una di esse il corpo senza vita di Ethan veniva portato al laboratorio della Smith per gli accertamenti di legge.

Finalmente l'anima di Marcos e quella di Jude potevano riposare in pace, finalmente la verità era stata scoperta anche se a caro prezzo.

I lunghi nastri gialli ed i sigilli man mano iniziarono a contornare quella casa che da sempre era stata considerata un piccolo angolo di paradiso, nessuno avrebbe mai immaginato l'orrore che in realtà si racchiudeva dentro di essa.

Era stato facile puntare il dito su Carl Patterson, disagiato, abbandonato a se stesso, era il capro espiatorio perfetto per l'insensibile logica umana, ma come a volte si scopre, le atrocità spesso si celano anche dietro le persone più agiate e tranquille.

La discriminazione di quell'uomo aveva insegnato molto a quella comunità, aveva risvegliato gli animi più duri alla riflessione, alla comprensione ed alla compassione.

Ethan era stato ucciso da quella stessa madre che lo aveva condannato fin dalla nascita ad una vita di privazioni e solitudine, in realtà, quel ragazzo non aveva mai capito cosa fosse realmente accaduto a quel bambino che, allontanatosi, era caduto dentro quel seminterrato, non aveva capito che sua madre Rose aveva cercato di disfarsi di quel corpicino per proteggere la loro esistenza malata, quella stessa madre che aveva creduto di proteggere suo figlio dal mondo ed i suoi pericoli isolandolo ed imprigionandolo come un animale.

Emily era morta annegata nel Ferguson e Scott l'aveva anche lui lasciata al terzo mese di gravidanza, era andata via da quella città che le aveva tolto tutto e si era stabilita a Silver Lake per partorire di nascosto, tra quelle mura, quel figlio tanto prezioso da sacrificarlo.

Quell'assurda e triste storia finì su tutti i giornali d'America, Patterson da mostro divenne il vecchio e scontroso eroe della città, la Mcduder si salvò e venne arrestata ed accusata di diversi e gravi reati quali falsa testimonianza, inquinamento delle prove, distruzione ed occultamento di cadavere, maltrattamenti, sequestro di persona ed omicidio colposo più altri reati minori, la perizia psichiatrica non le avrebbe evitato il carcere a vita.

Kate e Steve in un paio di giorni tornarono al lavoro accolti tra l'affetto ed il riconoscimento di tutti, in modo particolare dello sceriffo Button.

La casa degli orrori, come fu chiamata a nuovo nome, venne completamente chiusa e sigillata. Tracce del sangue di Marcos vennero ritrovate nel seminterrato e residui di resti umani, sempre del bambino, all'interno della grande ed antica caldaia a legna che si trovava in un'altra stanza seminterrata dell'abitazione. Il suo corpicino era stato bruciato lì dentro da Rose Mcduder, prima di essere chiuso nel sacco e gettato nel Silver Lake durante una notte stellata di inizio estate.

I leggeri pollini soffiati in aria dal vento sembravano illuminare di stelle il cimitero assolato, la tranquillità ed il sole caldo cullavano delicatamente quelle tombe ordinate e silenziose, il rumore dei suoi passi morbidi sull'erba annunciavano nel silenzio del sonno dei defunti il suo arrivo.

C'era una grande pace nel suo cuore, la rabbia e la sete di verità avevano lasciato posto alla speranza ed alla riflessione.

Si inginocchiò, una folata di vento fece aleggiare per un momento i suoi lunghi capelli color del grano, era lì per adempiere alla sua promessa, tra le mani, quella piccola e tanto preziosa macchinina che Marcos aveva amato, il semplice e piccolo gioco di un bimbo, che per quanto brevemente aveva portato la gioia e l'amore nella vita della sua mamma, Silver Lake non avrebbe dimenticato.

La posò lì, sulla lapide di Jude, di fianco alla foto con il suo volto felice.

"Riposa finalmente in pace Jude. Spero possiate trovare tu, Marcos, Emily ed Ethan il vostro Cielo."

E come il seme nella terra muore e dalla sua morte nasce una nuova vita… la nuova vita di Carl Patterson incominciò grazie all'amicizia nata con Kate e Steve dopo quel giorno.

Insieme riportarono la voglia di vivere in quell'uomo fragile e solo, lui, la sua casa, tutto si trasformò.

Con il passare del tempo risistemarono la casa, il giardino, quello che era il posto più desolato e lugubre di Silver Lake diventò un luogo bello ed ospitale, non aveva trovato solo due amici ma i due figli che non aveva mai avuto.

L'alcool diventò solo un ricordo e la passione per la pittura rinacque più creativa e splendida che mai.
Un nuovo e bellissimo quadro si aggiunse a quello dedicato a Lana, quello di una bambina che correva felice in riva ad un lago meraviglioso verso la sua bella e giovane mamma, dai lunghi capelli biondi e dalla divisa scura...

Fine

Ringraziamenti

Un ringraziamento speciale va alla mia famiglia che mi ha appoggiata in questa mia piccola e nuova avventura con entusiasmo.
Ad Aranel B. che ha curato con estrema bravura e professionalità la copertina, non potevo chiederne una più bella!
Potete ammirare le sue opere a questo indirizzo: aranelb.tumblr.com

A David Casabona, Scrittore fantasy che mi ha sempre incoraggiato nonostante i miei mille dubbi: avere l'appoggio e l'aiuto di una persona con le sue capacità narrative è stato molto importante. Potete visitare il suo blog dove si trovano alcuni dei suoi splendidi racconti a questo indirizzo:

http://david-casabona-fantasylives.blogspot.it

A Sara ed al suo splendido blog Ladra di libri che ha creduto in questo romanzo fin dall'inizio. Potete leggere le sue splendide recensioni e tutte le notizie e novità sui libri come faccio sempre io per tenermi aggiornata al suo indirizzo:

http://ladradilibri.altervista.org/

A Leo Beat, sincero amico che mi ha saputo consigliare sui termini 'tecnici' di diverse situazioni legate alla professione di Kate, protagonista di questa storia.
Ringrazio inoltre coloro che mi sono stati vicini e hanno creduto in questo mio piccolo grande progetto ed alle pagine facebook ed ai blog che trattano di libri che hanno fatto recensione e lasciato commenti di questo romanzo breve.
E ringrazio tutti coloro che sono venuti in possesso di questa pubblicazione e che dedicheranno parte del loro prezioso tempo a leggere le mie parole, perché il tempo di ognuno di noi è il regalo più prezioso che possiamo donare agli altri…

Rosalba Vangelista.

Per contattare l'autrice e lasciare commenti questa è la pagina facebook del romanzo.

Le ossa del lago
https://facebook.com/profile.php?id=712633665459722

Finito di stampare nel mese di Marzo 2015
per conto di Youcanprint *Self - Publishing*

www.ingramcontent.com/pod-product-compliance
Lightning Source LLC
LaVergne TN
LVHW090009180726
843489LV00001B/452